迦陵頻伽《かりょうびんが》

王の鳥は龍と番う

登場人物紹介

煬《よう》二《じ》郎《ろう》

大華一の剣豪と名高い、西域を治める煬家の当主。祥とともに、皇后候補である氷華捜しの旅に出る。

祥《しあん》

皇帝と無二の友であった兄が非業の死を遂げたために、天聖君の地位を継いだ、迦陵頻伽の若き当主。生真面目な性格だが、直情的な一面も。

夏《か》喃《なん》
人間と魔族の混血。
暗殺集団『黒蛇』の一員。
蓮《れん》
迦陵頻伽の一族と自称する
謎の人物。
劉《りゅう》文《ぶん》護《ご》
血なまぐさい争いを経て、
太平の世を作った大華の皇帝。
若いころは西域で暮らしていた。
氷《ひょう》華《か》
祥の母方の従姉。
皇帝劉文護に嫁入りする直前
に、何者かに誘拐されてしまう。

序章

「災厄を遺して先に逝く。――ゆるせ、ゆるせ祥《しあん》」

血の気を失い、ひび割れた唇から掠《かす》れ声が紡がれる。すすり泣きが深夜の房間《ぼうかん》に満ちて、扉の向こう、風に乗って中庭に流れていく。

さやさやと葉擦《はず》れの音にまぎれてしまえ、と思いながら祥は発言した男に近づいた。

寒い日は嫌いだ、と祥は震える己の指を拳の下に固く握り込んだ。

震えを気取《けど》られてはいけない。平静に振る舞わなくてはいけない。

そう遠くないうちに現世《うつしよ》を去ろうとしている人の前であっては特に、だ。祥は己の背後で泣いている女たちを下がらせて、ふたりきりになる。

「弱気なことをおっしゃるな、兄上。太医《たいい》は養生《ようじょう》が肝心だと言っていましたよ。きっとすぐによくなられる」

すっかり薄くなった兄の上半身に夜具《やぐ》をかけてやりながら、祥は目を伏せた。

汗で頬に張りついた髪をそっと避ける。かつては光を弾く美しい銀色だったそれは、もはや艶を失った老人のそれ。

落ちくぼんだ眼窩《がんか》はかつて皇都輝曜《きよう》の花、王の鳥よ、と百官百華から褒めそやされた美貌の影もない。

気休めの言葉を紡いでも互いにわかっている。別れは近いのだと。

兄に気取《けど》られない角度で、祥は唇を噛む。母の身分の低さゆえに、かつて一族から虐げられていた祥に、この次兄だけが優しかった。

呟き込んだ兄を慌てて抱え起こして、背中をさすってやる。

兄は祥の袖を思いもよらない強さでつかむと、しっかりとした口調で名を呼んだ。

「祥。弟よ……」

「はい、兄上ここに」

「――おまえに一族のことを頼む。俗世を離れたおまえを呼び戻して申し訳ないと思っている……。だが、おまえしかおらぬのだ。一族を、妻を、子等《ら》を――そして主上《しゅじょう》をお守りせよ……」

「……兄上」

弱気なことを言うな、と再度口にしそうになったのを呑み込む。覚悟を決めた兄に、うわべだけの慰めを言うのはかえって不誠実だ。

「必ず」

祥は骨ばった手を握りしめた。

安堵したのか、すう、と兄が大きく息を吐く。

「こうなるとわかっていたら、おまえを崑崙《こんろん》へやるのではなかった」

「……兄上のおかげで、私は崑崙《こんろん》で多くを学べました。感謝しております」

兄弟が同じ色で見つめ合った数秒、穏やかな時間が流れる。

コトリ、と音がしたのはふたりの背後からだった。人払いをしたのに誰が、といささか苛立ちを込めて祥が振り返る。

キィと音がしてわずかに開いた扉。隙間から少しだけ顔を出すようにして現れたのは、あどけなく、素晴らしく美しい幼女だった。銀色の髪に透き通ったガラス玉のように蒼い瞳。

兄、仲紘《ちゅうこう》の娘、だ。

「お父様、おきていらっしゃる？」

珊瑚《さんご》の唇が紡ぐあどけない声に祥は一瞬頬をゆるめ、対照的に兄は顔をこわばらせた。

「伽耶《かや》」

「お父様はお元気になった？　ねえ、姫と遊んでください。最近、みな姫と遊んでくれずつまらないのです。小鈴《しゃおりん》は姫が外に出ていくと怒るし」

小鈴は、姫の侍女でおとなしい、生真面目《きまじめ》な娘だ。父親の看病で母も侍女も小鈴以外はみな、そばを離れていて寂しいのだろう。

かわいそうにと思って手を伸ばしかけた祥はこれ幸いと、小さな体で転がり込んできた姪の姿に息を止めた。

白い衣服は、べたりと赤黒く汚れている。小さなふくふくとした指にはポタリと血が滴《したた》り、白刃が握られていた。

「……姫。その姿はいかがした」

伽耶は、あは、と邪気なく笑って刃を示す。野原で摘んできた花をみせびらかすように、楽しげに。

「小鈴が姫を怒ったの。怒って部屋に閉じ込めようとしたから叱ってあげたのよ」

祥は絶句し、その背後で兄はうめいた。

扉の向こう、耳をつんざくような鋭い女の悲鳴がいく筋も聞こえる。姫の乳母《うば》だろう。

「誰か！　誰かある！　小鈴が！　小鈴が！　姫は、姫はどこにおわす……！」

転げるように仲紘は寝台を降りた。娘の細い肩をつかみ、問いただす。

「侍女に何をした、何をしたのだ……！　姫っ……」

「叱りました」

きょとんとした顔で答える伽耶の姿に祥は声を失い、仲紘は、ただはらはらと涙を流して悲嘆にくれた。

幼い姫が首をかしげる。

「お父様？　どうしたのです？」

それには答えずに、仲紘は娘をかき抱いた。

「祥、弟、弟よ……息子と妻を頼む。一族を……どうか……」

兄のすすり泣く声を聞きながら祥はその場で立ち尽くした。

「どうして泣いているのです？」

血まみれの姪は、ただ心配そうに父親に駆け寄って顔を覗き込んでいる。

阿鼻叫喚《あびきょうかん》の声が屋敷から聞こえなくなったのは夜半。

翌朝は屋敷中が嘘のように静まりかえった。


数日後、大華《たいか》皇国の皇都、輝曜《きよう》の皇宮に訃報《ふほう》がもたらされた。

国家の宰相、皇帝の幼馴染にして刎頸《ふんけい》の友、迦陵頻伽《かりょうびんが》の一族の長《おさ》、青《せい》仲紘が、娘と共に儚くなった、と。

皇帝は悲嘆にくれたが仲紘の遺言を尊重して、宰相――天聖君《てんしょうくん》――の位を仲紘の異母弟、青祥に譲るよう命じた。

皇都にいる者たちはみな噂した。

――弟が兄を弑したのではないか、と。

父王《ぶおう》の死後、皇帝が兄から玉座を簒奪《さんだつ》した九年後のことである。

第一章　王の鳥は鳴かず黙して羽ばたく／王鳥不鳴黙踊

晴れた日のことだった。

その日、皇帝の住まう紫黎城《さいれいじょう》の中央、中明殿《ちゅうめいでん》の前の広場では文武百官が集い、皇帝の即位十年を寿《ことほ》いでいた。

よろいに身を包んだ武官は左、文官は右にと官吏は並び、打ち鳴らされる銅鑼《どら》に合わせて叩頭《こうとう》し、寿《ことほ》ぎの言葉を唱和する。

「陛下の御世《みよ》を祝して万歳万歳、万万歳」

「太平の世がいついつまでも永く続きますように」

「大華《たいか》に栄えあれ、民に誉《ほまれ》あれ」

彼らの視線が結ぶ先には石で作られた十数段の階段があり、そのまま中明殿《ちゅうめいでん》へ続いている。皇帝はいつも中明殿《ちゅうめいでん》の玉座が配された房で御簾《みす》の内から重臣たちを眺める。だが、今は階段すぐの石の間に姿を現し、祝典とあってか、その玉面を百官にさらしていた。

――在位十年。即位を盛大に祝うには、やや時間が経ちすぎたのは仕方がない。

皇帝が即位するまでには血なまぐさい争いがあった。父王《ぶおう》が身まかったあと、五王子がそれぞれ麾下《きか》を率いて争い、生き残ったのが今上帝《きんじょうのみかど》である。残党を狩り、あるいは篭絡《ろうらく》し己の配下に組み込んでようやく天下は太平になった。

そのための式典なのだ。

初めて主《あるじ》の顔を見る、まだ年若い、あるいは上級ではない官吏たちも多い。そういう者たちは皇帝を盗み見て、その隣に座る皇后を見て歓喜に震える。そして皇帝が背後に引き連れた白い衣装に身を包んだ背の高い若者を認めて、あ、と一様に息を呑んだ。

白。あるいは銀。遠目にわかるのはその特異な色味だけ。

鮮やかな龍や鳳凰《ほうおう》の刺繍で彩られた袞服《こんふく》を身にまとった皇帝と対照的に、その人物は白を基調とした衣装を着ていた。

即位十年という、めでたい祝賀の場だというのに袖にも裾にもきらびやかな刺繍はされていない。袖に銀色の糸で左右に番《つがい》の鳥が描かれているのも近くに行かなければわからなかっただろう。

中明殿《ちゅうめいでん》の中、さらに皇帝の背後にいるとあっては青年の詳細な容貌までは窺えない。

だが老人でもないのに白い髪を……否、遠目には白と見紛《みまが》うような銀色の長い髪を惜しげもなく背中に流している者が誰なのか、ここに居並ぶ百官の誰もが……いいや皇都に住まう誰もが知っているだろう。

「天聖君。……あれがそうか」

ぼそりと口にしたのは百官の左右にわかれた左、武官の高い位置に場所をとっていた男だった。

思わずというより、たしかな感情を乗せたせいで思いのほか大きな独り言になってしまう。

武官のつぶやきが耳に入ったのか、隣にいた赤い髪の青年がわずかに目を細める。こちらも皮甲《ひこう》に身を包んでいるが顔をさらしている。

頬にわずかな幼さが残る青年の年のころは人で言えば二十歳かそこら。髪も緋色で瞳も赤で、揺らぐ炎を思わせる。青年は視線だけを横の男のほうへ動かすと、あれがそうだとも、と鷹揚《おうよう》に応じた。

「真君《しんくん》。貴兄《きけい》ともあろう者が彼の方に会うのは初めてか」

「会ってなどいない。下から仰ぎ見ているだけだ。噂以上の……美貌の主でいらっしゃる」

「はっ、相変わらず目がよいな。真君」

「あいにく、取り柄はそれくらいなのでな」

真君と呼ばれた男は、どこか皮肉な声音で鼻を鳴らした。目深にかぶった兜《かぶと》の下、鋭い眼光を隠しもせずに皇帝を飛び越えてその背後に向かわせる。

「迦陵頻伽《かりょうびんが》の一族が美しいのは今さらなことではあるが。あの一族は誰も彼もまるで人形のように美しい」

褒め言葉だが、口調には棘と悪意がある。

「仕方がない、天帝があの一族をそのようにお作りになったのだから」

周囲の歓声にまぎれてふたりはなおも会話を交わす。

「貴殿はアレを見知っているのか。焔公《えんこう》よ」

焔公と呼ばれた青年は再びうなずく。

「つい先日、久方……二十年ぶりに都に入ったのでな。その日に主上《しゅじょう》に挨拶に伺った。そのときに言葉を交わしただけだが……。生真面目《きまじめ》な御仁だ」

「ふん」

齢《よわい》がそもそも二十歳にしか見えぬ青年の二十年ぶりという言葉に真君は特に驚きもせず、視線を迦陵頻伽《かりょうびんが》の若者から皇帝に戻した。

皇帝の在位は今年で十年。

堂々たる様子で百官を睥睨《へいげい》する皇帝劉文護《りゅうぶんご》は、外見は三十過ぎの男盛りだが、齢《よわい》は百を超えたはずだ。ここで皇帝を仰いでいる真君も焔公もそろそろ百に手が届こうというもの。

——みな、神族なのだから年齢と外見がそぐわないのは仕方がない。

この世界の中央に位置する大華《たいか》皇国には、二種類の人間が住んでいる。異能を持ち数百年の時を生きる神々の末裔《まつえい》を自称する神族と、数十年を駆け抜けていく人間。

国の中枢を担う者たちは、飛び抜けて優秀なひと握りの人間を除けば九割九分、人ではない。焔公も真君も無論、神族だ。

「……兄上は、何をお考えやら」

真君は今度は誰にも聞こえないように独り言ちた。兜《かぶと》の影で色が見えない瞳で皇帝を見つめながら鼻に皺《しわ》を寄せる。

各所で皇帝を称える声が上がる。その歓声を聞き流しつつ、ギリと歯ぎしりした。

皇帝の背後に澄ました顔の美貌の青年がいるのが。

――気に食わぬ。

と思う。

大華《たいか》が建国されて三千年あまり。

初代皇帝は、森羅万象《しんらばんしょう》の主である天帝が、その妻女禍《じょか》と共に作ったヒトガタであった……と言われている。

天帝と同じく額《ひたい》に第三の瞳を持つ稀有《けう》な異能をもったヒトガタは肉体を得て、知恵を得て、武力を得て。地上に下るや、たちまちに天下を手中に収め、数多《あまた》の神族をその配下に従えた。そうして作られたのがこの「大華《たいか》」である。

天帝と女禍はこの「息子《ヒトガタ》」の功績をおおいに喜んで、祝いとして彼に美しい番《つがい》の鳥を贈った。

迦陵頻伽《かりょうびんが》という鳥だ。

銀の羽に金色の瞳、歌う声は天上の音曲《おんぎょく》。

やがて鳥は主《あるじ》を真似て人の姿を取り、皇帝と交わって彼の娘と息子を多く産んだ。さらには迦陵頻伽《かりょうびんが》同士でも交わってその数を増やすと、その子どもたちも互いに婚姻して一族を成す。その末裔《まつえい》がまさに「迦陵頻伽《かりょうびんが》」と呼ばれる一族だ。

金か銀色の髪をして、薄い青や紫の瞳を持つ美しい神族。一族以外と番《つが》うと、その美しい色彩は次代には受け継がれない、不思議な神族だった。

裏を返せば他種族が迦陵頻伽《かりょうびんが》の妻や夫を持てば、その形質は迦陵頻伽《かりょうびんが》では「ない」ものを受け継ぐことになるのだから、この国の始祖は子どもたちに厳命した。

『皇帝の妻は、迦陵頻伽《かりょうびんが》の一族の娘でなければならぬ。皇帝の宰相は、迦陵頻伽《かりょうびんが》の一族から出さねばならぬ、彼らは我が一族の同胞。尊ぶべし』と。

それから三千年あまり。迦陵頻伽《かりょうびんが》の一族はほかの神族よりも優遇され、準皇族としての扱いを受けてきた。

さすがに歴代のすべての皇帝が迦陵頻伽《かりょうびんが》の皇后をめとったわけではないが、どの時代でも皇帝の傍《かたわ》らには迦陵頻伽《かりょうびんが》の一族の長《おさ》が宰相、天聖君として控えている。

ゆえに迦陵頻伽《かりょうびんが》の長《おさ》は「王の鳥」と呼ばれる。

——皇帝の正妃は争いの最中、病を得て崩御した。次の正妃には迦陵頻伽《かりょうびんが》の娘がなる、ともっぱらの噂だ。おそらくその娘は新しい天聖君と近しい者だろう、とも。

だからと言って、真君は眉間に皺《しわ》を寄せる。

——皇位を争う熾烈《しれつ》な戦を共に駆けた先代の天聖君ならば、いざしらず。

戦の最中《さなか》呑気《のんき》に崑崙《こんろん》にこもって西王母《せいおうぼ》の側近になろうとしていた男が兄の死を幸いと、皇帝のそばに控えている。

——ありえぬ。

真君はギリと再度歯ぎしりをした。舌打ちして、文句を口にしようとして理性で抑える。口元には犬歯がチラリと見えた。

まるで獣のようだ、と真君を真正面から見る者がいれば、そんな感想を抱いたかもしれない。

百官を睥睨《へいげい》する皇帝を仰いでいると、目が合ったように思う。まっすぐに見つめ返すと、皇帝は、ふっと笑ったように見えた。仕方のない奴々め、と呆《あき》れた声が聞こえる気がする。

モヤモヤとした思いを引きずったまま式典はつつがなく終わり、宴に移行する。つまらんと思ってやや離れたところで酒に溺れる同輩を眺めていると、笑い含みの声が聞こえてきた。

「めでたい日だというのにずいぶんとつまらなそうな顔をしているな。真君は何か不満か」

振り向けば護衛をひとりだけ従えた皇帝、その人が立っていた。

「主上《しゅじょう》」

慌てて拱手《きょうしゅ》して礼をとると、よい、と彼は鷹揚《おうよう》に微笑む。

「楽にせよ。……おまえの行儀がよいのは気味が悪い」

「兄上。それはあまりな言われようでは？」

真君……西域の主たる煬《よう》真君はむっと口をへの字に曲げた。それから気を取り直して、再び頭を下げる。

「改めて即位をお祝いいたします。……十年、長うございましたな」

「実に」

言葉短く皇帝は応じた。

皇帝劉文護は、先帝の五男。身分の低い母を持ち、もともとは到底玉座に座るような立場ではなかった。皇宮に居場所もなく、若いころは祖母を頼って真君の一族が治める西域で暮らしていた。

真君が懐いたのはこのころ。幼い真君は『文兄、文兄』と彼を慕って育ったのだった。血の繋がりは薄いが今でも「兄上」と呼ぶのはその時代の名残。文護が長兄の圧政に叛旗《はんき》を翻《ひるがえ》した際には、いの一番に恭順したし、腹心の部下といえば己だという自負があり、

『兄上に一番近いのは俺であるべきでないか！　先代の天聖君が生きていたならばいざ知らず』

……という不満がある。先代天聖君は、幼いころから劉文護の親友だった。麗しく、才気煥発《さいきかんぱつ》で武芸にも長《た》け、おおよそ欠点というものがない御仁だった。

兄と慕う劉文護を盗られたようで、真君は正直なところ仲紘を好きではなかったが、玉座を争う熾烈《しれつ》な戦の中での彼の数々の功績はゆるぎないものであり、「皇帝劉文護」の隣に立つのは青仲紘でなければならぬ、と納得はしていた。

その仲紘が急な病で呆気なく亡くなり、代わりに皇帝のそばに立つのがあのぽっと出の、戦に参加してもいない弟か、と。

そういうわだかまりが心の裡《うち》にある。

「おひとりで歩き回ってよいのですか、皇帝ともあろう方が」

苛立ちを隠しつつ、真君はたずねた。

普通、酒宴で主人は席を外さぬものだが、皇帝もほかの面々も好き勝手に歩き回っている。護衛を連れているとはいえ不用心だ。

「式典の間中、不機嫌な視線でこちらを見ていたおまえが気になってな。追いかけてきたのだ」

いたずらめいた顔で微笑まれては矛《ほこ》を収めるほかない。

「目つきが悪いのは、昔からです。兄上」

「おまえが不機嫌だと周囲が怖がる。いつものように笑っておれ」

承知しました、と頭を下げる。

「あとで紹介したい者がいるしな」

「紹介？」

皇帝は半歩足をずらして、斜めうしろの方角を見た。皇帝の視線を追いかけると、重鎮に囲まれて静かに話をしている青年を視界にとらえる。

銀色の髪、白皙《はくせき》の肌、紫の瞳。絵に描いたような美形だ。女官や数少ない女性の武官がチラチラと盗み見るのも、まあわからないではない。気に食わぬが。

「当代の天聖君と引き合わせよう。祥はおまえと年が近いし、あれで剣術もたしなむ。――きっとおまえと馬が合うだろう」

「……御意」

紹介される必要などまったくない、うらなりと俺の腕を比べてもらっては困る、と心中で反発するが、皇帝の眼前でそれを出すほど子どもではない。

——いや待て、と意地悪く考える。

「当代の天聖君が楽《がく》ではなく、剣術をお好みだとは知りませんでした」

迦陵頻伽《かりょうびんが》は歌舞音曲を得意とする一族だ。一族の者ならば皆、何かしらの楽器を奏でることができるとも聞く。

「崑崙《こんろん》にいたころ、仙術ではなく剣ばかり好んで学んでいたとか」

神族は異能を持つ者が多い。その異能を体系立てて術にしたものが「仙術」だ。崑崙《こんろん》は仙術を学ぶ場所。

「それはよい。ぜひ一本、お手合わせ願いたい……」

何の苦労もなく晴れの場に出てきた若造《わかぞう》に少々痛い目を見せてやる。

悪意を隠すために目を伏せて、真君は拱手《きょうしゅ》をして主人に頭を垂れた。

◆

「天聖君、先日は世話になった」

緋色の髪をした若者に名を呼ばれ、それが己のことだと気づくのにわずかな間がある。

天聖君は兄のことだ、自分ではない……、と祥は無意識にとうにいない人を捜してわずかに歯を食い縛る。あらためて声の主の涼やかな瞳を見つめ返した。

「焔公」

互いに軽く挨拶をする。

髪も緋色ならばこちらをまっすぐに見据える瞳も、赤。彼も傑物《けつぶつ》と名高かった兄の座を労せず手に入れた男がどのようなものか見に来ただけやもしれぬと多少疑心暗鬼になりつつ向き合う。青年が現れると今の今まで祥を囲んでいた幾人かの文官たちはサッと身を引いた。それを一瞬おもしろそうに見た焔公は口の端だけで笑う。

「申し訳ない。歓談を邪魔したか」

「お気づかいなく。あちらが一方的にさえずっていただけなので」

先ほどまでそばにいた面々の歯が浮くような美辞麗句《びじれいく》と顔を思い出しながら祥はぼやく。

祥の皮肉がおもしろかったのか、クッ、と焔公は喉を鳴らした。

南方の雄、焔氏の長《おさ》、焔公だ。つい先日、彼が皇帝に挨拶に現れたときに祥は同席していた。わずかばかり言葉を交わしただけだが、印象的な青年なのですぐにわかった。

彼の登場に、それまでうんざりするほど近寄ってきていた烏合《うごう》の衆《しゅう》がばらけていく。焔公を避けたのだろう。

——焔氏は昔から国の中枢と関係が芳《かんば》しくない。

先だっての内乱では皇家の諍《いさか》いをこれ幸い、と一族だけの独立国を建てようとした。皇帝が兄たちを打ち破り平定まであと一歩となった時分でも、彼らは皇帝への恭順を嫌がった。

焔氏は暗に独立を匂わせ、皇帝側がそれはならぬと怒りをあらわにし、開戦まで一触即発《いっしょくそくはつ》のところまできて――皇帝が自ら南方に出向いて目の前の男を口説き落とした。

なんとか「公」という形で配下に加えて一年。彼が反旗を翻《ひるがえ》すのではないか、と周囲はヒヤヒヤと監視しているといったところか。

彼ら焔族は気性の荒さも有名で、それもあって諸官からは恐れられ、敬遠されている。

「さえずる、か。きれいな顔で天聖君はおもしろいことを言う」

「……はあ」

祥は気のない返事をした。目の前の男にきれいと言われるのは何やら違和感がある。

横暴で好戦的な一族という評判から「焔族の長《おさ》」は筋骨隆々《きんこつりゅうりゅう》の粗野な男だろうと想像していたが、眼前の焔公はいかにも貴公子然《きこうしぜん》としていて非の打ち所がない容姿の青年だ。都ではなかなか見かけない見事な緋色の髪と瞳もあいまって蠱惑《こわく》的ですらある。

皮甲《ひこう》でさえ贅をこらした設《しつら》えの見事なもの。だが、それを派手にも不自然に感じさせない気品があった。

一族を率いるべく幼いころから人の上に立つ者として育ってきたからだろう。少ない会話であるにもかかわらず、まるで王侯《おうこう》と話しているような気分になる。こういう場が似合う人だな、と姑ましささえ感じながら祥は苦笑しつつ改めて軽く礼をとった。

公の位を持つ焔と、準皇族といわれる天聖君ならば、位階《いかい》はほぼ、同格。ならば今までまったく皇宮に顔を出してこなかった新参者の祥から礼をとったほうが角は立つまい。

「青祥と申します。名高い焔公とお会いできて光栄に存じます。山を降りて間もない身。皇宮は不慣れゆえ、何かあれば頼らせていただきたい」

一瞬間があったが、焔公はニヤリと笑う。次いで、表情をずいぶん親しみやすい微笑みに変えて丁寧に拱手《きょうしゅ》した。焔公――焔皓也《えんこうや》の挑むような空気が消えてやわらかくなる。

「私でよければ何なりと。とはいえ私も皇宮には不慣れだが。天聖君とは……いいえ、あなたとは親しくしたいもの。……焔皓也《えんこうや》と申します」

誇り高い一族の長《おさ》への挨拶としては間違っていなかったようだ、と祥は内心で胸を撫でおろす。にこ、と皓也が微笑みかけてきた。

「天聖君は、崑崙《こんろん》で仙になるべく学んでおられたとか。いかに一族のためとはいえ、仙になる修行を中断するのはさぞ残念であっただろう」

祥はこれには曖昧《あいまい》に笑った。

崑崙《こんろん》は、神族の中でも術に長《た》けた者がその異能を伸ばすべく修行に励む場所。仙術が得意だと思われるのも当たり前だ。実際は厄介者の妾腹《しょうふく》の息子が父と義母に体《てい》よく追い払われて、たどり着いたのがたまたま山であっただけ。

「私は雑用係のようなものだ。仙術はたいして……」

「謙遜《けんそん》をなさるな」

邪気のない口調で皓也に言われ、真実、己に仙術の才はなかったのだが、と思いつつも、訂正はしないことにする。

迦陵頻伽《かりょうびんが》の一族は異能持ちも多い。その当主であれば仙術の才能があると普通は思うだろう。祥がほっと一息ついたところで広場がわっと歓声でわいた。

「……何事か」

「ああ、試合をしているのだろう」

見てみるか、と誘われるまま足を進める。

人波の真ん中で、武官がふたり木刀を持って盛んに打ち合っていた。

大男ふたりは、それぞれ衣服の色が違う。ひとりは皇宮に勤める衛士だろう。もうひとりは黒を基調とした服。

「西域の兵だろう」

皓也が説明してくれる。

祥の視線の先で、黒い服の男が上段にかまえて剣を振り下ろす。衛士はうまく受けきれずに剣を落としてしまい、勝敗が決した。囲む人垣から歓声が上がる。

「さすが西域の兵は強い」

西域の神族は屈強な身体つきの者が多く、武芸を尊ぶ気風も相まって白兵戦であれば大華《たいか》一、とも言われる。

西域と言えば、と祥はひとりの男を思い浮かべていた。

——煬真君。

西域を治める煬家の当主。地名を冠して西嘉《せいか》真君とも、かつてそこにいた一族の名を冠して琅邪《ろうや》真君とも。あるいは、単に真君とも呼ばれる。皇帝劉文護の又従兄弟《またいとこ》で、祖母は皇族という名門の青年だ。

皇帝いわく、「弟のような」存在であるらしい。

皇帝から「あとで紹介してやる」と楽しげに告げられたのだが……正直に言えば気が重い。

式典のあとにすれ違ったが、兜《かぶと》の下でよく見えなかった視線からは明らかに不満が感じられた。

彼が入城したと聞いたときも使者を送って友好的に挨拶に向かおうとしたが、『今は忙しい、またいずれ』とにべもなく断られてしまっていた。

——貴様は誰だ、なぜそこにいる。たいした功もないくせに、なぜ主上《しゅじょう》の背後に控えるのか。

被害妄想だとわかってはいても、そうなじられているような気がしてならない。己の心の声だ、と理解してはいるが。

皇宮で衛士が負けては具合が悪い、となったのか今度は祥も見知った男が前に出た。皇帝のそば近くに控えるひとり、李《り》将軍ではないか。

「我が部下が無様《ぶざま》に負けたままでは我が軍の名折れ！　我とやり合う者はおらぬか」

宴の余興に出てくるには大物過ぎる、と少しばかり呆《あき》れたところで、再びわっと歓声がわいて人垣が揺れた。

「真君が出られるぞ」

「これは見物！」

人波がざわつき、祥はますます呆《あき》れた。

黒い皮甲《ひこう》に身を包んだ真君が進み出て、李将軍と何やら笑顔で言葉を交わしている。

どうやら、旧知の仲らしい。

「真君の剣の腕前を知っているか？」

「いや」

皓也の問いかけに祥は素直に首を横に振った。武術自慢が多い西域を治めるのだからそれなりに腕が立つのだろう、とは推察するが。

「真君いわく。『剣技だけならば自分が大華《たいか》で一番強い』と嘯《うそぶ》いている」

「……自信家だな。実際のところは？」

くすり、と皓也は笑った。

蠱惑《こわく》的な笑みに、近くにいた女官が頬を染めているのが見える。

「真君もなかなかやる。まあ、私と同じくらいには」

皓也も負けずに自信家ではないか、と苦笑しつつ祥は将軍と真君の試合を見た。

ふたりが離れたところで剣をかまえる。

「始め！」

合図を送った途端、真君の身体が沈み込む。

あ、と思った次の瞬間には胸元に木刀の柄《つか》が強く叩き込まれ、李将軍の巨躯《きょく》が吹っ飛んでいた。弾《はじ》かれた李将軍の木刀がくるくると宙を舞って、皓也と祥のちょうど間に落ちてくる。狙い澄ましたかのようだな、と思いつつ祥は何の気もなくそれをパシッと取った。

周囲の人々がどよめく。

「……真君の一撃、あれは痛そうだ」

「李は動けぬが……大丈夫か」

祥は心配したが、吹っ飛んで仰向けに転がった李将軍は朗《ほが》らかな笑顔で立ち上がった。頑丈でよかったなと思ったところで人垣が割れた。

「次は青家の若君が相手か！」

「天聖君が！」

「おお……素晴らしいっ！」

人々が一斉に祥を見る。

「……何を……」

戸惑いながら祥があたりを見渡すと、隣にいた焔皓也《えんこうや》が人の悪い顔でくつくつと笑った。

「剣を拾ったのだから、貴殿が真君の次の相手だ。祥殿」

「なっ……！」

思わぬ成り行きに言葉を失う。

「宮廷の作法だよ」

「……私は」

やらぬ、と言おうとした背後でよく通る声が祥の名を呼んだ。

「これは失礼した、天聖君。剣も予期せぬところへ飛んで、恥じ入っているだろう」

真君の声だ。

祥がゆっくりと振り返ると男は兜《かぶと》の下、金色の瞳を獣のように光らせながら祥をにらんだ。

「それをお返しあれ。誤って貴殿のところへ飛んだのだ、怪我《けが》をするといけない」

「木の剣で怪我《けが》をする者などおるまい」

振り向きながら答えると、黒い衣服に身を包んだ屈強な一団が、くっとわずかに失笑した。

おまえならしかねない、というあざけりを感じる。

だが、特段怒る気にはならない。祥の生まれついての美貌は、焔皓也《えんこうや》の貴公子然《きこうしぜん》としたものよりもいささか中性的。それは男の集団にあっては、たびたびあざけりを受ける種類のものだ。これくらいでいちいち憤慨していては身が持たない。

「天聖君は剣がお好きだ、と主上《しゅじょう》から聞いたが……」

「たしなむ程度だ」

木刀を差し出そうと手を伸ばすと、真君はにやりと笑った。

「なるほど。たしなむか。そうであろうな。王の鳥は寝所で楽《がく》を奏でるのが似合う。剣は似合わぬ」

「……なんだと？」

軽口に、ぴり、と祥の空気がひりつき周囲の者たちが一瞬、目を泳がせた。

迦陵頻伽《かりょうびんが》の一族が楽《がく》を好むことも、音曲《おんぎょく》に極めて優れていることも周知の事実だ。王のそばにあるため王の鳥と呼ばれるのも。

だが、寝所に侍《はべ》るとは。

――陛下の稚児《ちご》め。

と暗になじられたに等しい。

「不敬であろう」

「なんのことだか」

顔の上半分は兜《かぶと》でよくわからないが、ニッと笑った口元から犬歯が覗く。

明らかに楽しんでいる様子に祥は唇をかみしめた。

返すつもりだった剣を握りしめて人垣をかきわける。屈強な神族たちが作った丸い囲いの中にしずしずと進み出た。

「三本でよいか」

「何？」

「真君。あなたから先に二本取れば勝ちか」

ざわめきが大きくなり、先ほどまで真君とやり合っていた李将軍が心配そうに駆け寄ろうとするのを片手で制した。

「はっ……！　勝つつもりか」

おかしそうに真君が笑う。祥は眉根を寄せたが軽口は無視した。

対面し、互いの足で十歩ほどの距離を取って向かい合う。

「その通り。怖くなったら言うがいい。すぐに解放してやる」

「勝てば何をよこす」

「何なりと。そうだな。貴殿の命令をなんでも聞く、というのはどうだ」

「わかった」

祥は剣をかまえた。兄の急死から一年あまり。木でできたものとはいえ、剣を握るのはずいぶんと久しぶりだ。

同じくかまえた真君を眺める。歴戦の猛者《もさ》だというのもうなずける。どこにも隙というものが見当たらない。どうするか、と祥は逡巡《しゅんじゅん》した。

「始《はじめ》！」

言葉が発せられた次の瞬間、あっさりと祥の剣は弾《はじ》き飛ばされた。

人垣から悲鳴とも、あざけりとも聞こえる声が漏れる。

……腕力も並ではない。

瞬殺に気をよくしたのか真君は親切にも剣を拾って渡してくれた。

「さぞや手が痛むだろう。やめてもかまわんが」

「……いや」

祥は剣を受け取って頭を下げた。

「大華《たいか》一の剣豪と名高い真君と試合うなど、なかなかないこと。もうひと勝負、お付き合い願いたい」

澄ました顔と声で言えば、真君はいいだろう、と気分よさげに笑った。

祥は再び元の位置に戻って同じかまえをした。

「始！」

同じ軌道で同じ斬撃《ざんげき》が来る。

それをはっきりと見ながら祥は素早くうしろに跳んだ。

「あっ」

悲鳴が起こる。

高貴なる天聖君の胴を容赦なく薙《な》ぎ払う……かに見えた一撃は、勢いよく空振りした。背後に逃げた祥はそのまま地上を蹴って、くるりと右に反転する。

「……なっ！」

不意を突かれた真君が体勢を立て直そうとするのを許さず、強く二の腕に剣を打ちつけた。ガンッと大きな音がして、今度は真君の剣がくるくると宙を舞う。

ゆっくりと落ちてくるそれを、わざと靴で蹴って自分の目の高さで取る。

「……なんと。真君から一本取った」

「これは……兄君にも劣らぬ」

「いやいや……まぐれやも」

観客のざわめきを聞き流しながら、祥は真君に向かってにこりと微笑んで見せた。

「ここでやめようか。さぞや腕が痛むであろう」

「……っ……、貴様、先ほどはわざと……っ」

わざとあっさり負けてみせたのか、という問いであれば、そうだと答えるしかない。弱い若造《わかぞう》よと侮《あなど》って油断したのは、真君の咎《とが》だ。

悔しげに真君が剣をもぎ取る。

「思いついた」

いたずら心がわいて、祥は口の端を上げた。

「何？」

真君がこちらをにらみつける。

「なんでも私の命令を聞く、と貴殿は言ったな？」

「言ったが、それがなんだ」

先ほどと同じ位置で互いににらみ合う。

「私が勝ったなら、私の寝所で子守唄でも歌ってもらおう」

「貴様」

「何を怒る。貴殿が先ほど私に言ったことだ——朝まで歌え」

ふたりの殺気がびりびりと周囲を巻き込む。

祥の視界の端で、皓也がやけにおもしろそうにしているのが見えた。

「貴様が勝てばな」

「勝つとも」

ただの余興を超えた一触即発《いっしょくそくはつ》の空気にどうしようかと周囲が困惑し始めたとき、のんびりとした声が割り込んできた。

「真君、祥。何をしておるのだ、ふたりとも」

真君と天聖君。この国でも上位の位を持つふたりを公衆の面前で呼び捨てにできる者など、ひとりしかいない。

ふたりはそろいもそろってびくり、と肩を震わせた。示し合わせたかのように瞬時に殺気を引っ込めると、声の主のほうへおもむろに向き直る。

「主上《しゅじょう》」

声を合わせてふたりして同じ動作で頭を下げる。

「何をしていたのか、とたずねたのだが？」

声の主は劉文護。皇帝その人である。趙大司空《ちょうだいしくう》が背後にいて、羽扇《うせん》で顔を隠しつつこちらを見ている。

祥は悪びれもせず拱手《きょうしゅ》したまま顔を上げた。澄ました顔に戻って堂々と嘘をつく。

「大華《たいか》一の剣の使い手と名高い真君に、教えを乞うておりました」

——教えを乞う態度だったか？　と真君は小さくぼやいたがそれは聞き流す。

真君も真面目《まじめ》くさった態度で祥の言葉を継いだ。

「天聖君は崑崙《こんろん》で剣術を学んでおられたとか。私のほうが教えを乞うていたところです」

「ほう。それで互いに学ぶことはあったのか？」

「是《はい》」

「山ほど」

先ほどまでの刺々しい空気を覆い隠して穏やかに微笑む青年ふたりを見比べ、皇帝はまあよいと苦笑した。

「今日は我が即位十年の式典。そなたらは共に我が弟とも思う者。これを機会に友好を深めるように。みな、こちらへ来るとよい。旅の舞姫が音曲《おんぎょく》を披露してくれるとか」

ふたりして再び頭を下げると、皇帝は笑って去っていった。

観客も皇帝を追って散り散りになり、真君はゆっくりと顔を上げると無言で部下たちのところへ踵《きびす》を返す。が、何を思ったか数歩歩いて足を止めて振り返った。

「天聖君。三本目はいつ試合う？」

「誰がするか」

苦虫を噛み潰した顔で祥が応じると真君は、ふん、と鼻を鳴らして去っていった。笑ったように見えたのは錯覚か。

「なるほど。剣術をたしなむと言ったのは嘘ではないな、天聖君、怪我《けが》はないか」

皓也が、しれっと再び近づいてきたので祥はわずかばかり鼻に皺《しわ》を寄せた。

「怪我《けが》はなどと。しらじらしい。おもしろがって見ていただろう。私が叩きのめされる光景が見られず、残念か」

皓也はふふ、と笑った。

「そう怒るな。真君に勝てるかはともかく、一方的に負けることはないだろうと思っていた」

「なぜ」

「当代の天聖君は、剣聖の愛弟子だったというのは崑崙《やま》では有名な話らしいな？」

「……」

祥は言葉を失う。山でどういう生活をしていたのか、皇宮の人間が知るすべはない。焔皓也《えんこうや》は崑《こん》崙《ろん》の中に親しい人間がいるのだろう。

「警戒しなくてもよい。一族のはぐれ者が山にいるだけだ」

「それは誰だ？　私の知っている方だろうか」

「それは言えんな。ふふ、まあ、楽しい余興であった。主上《しゅじょう》の即位の式典に歓迎されぬ我ら一族が参加しても、さぞやつまらぬだろうと思っていたが、貴殿と知り合えたのは僥倖《ぎょうこう》であった。真君もたまには人前で恥をかくのがいいだろう。あいつはたまに調子に乗る。またいずれ」

口調からすると皓也と真君は親しいらしい。どこか蠱惑《こわく》的な雰囲気の貴公子は微笑むと、彼もまた一族の者らしき一団のもとに戻っていく。

はあ、と祥はため息をついた。

天聖君は王の宰相、王の鳥。

冷静沈着に仁愛の心を持って皇帝を正しい道へ導かねばならぬ……とされているが。

「早々に売られた喧嘩を買ってしまうとは」

屋敷に帰ったら、義姉にさぞ怒られるだろうなと思って胃が痛い。

「……あとは、おとなしくしていよう」

心に決めて目立たぬように、そろそろと移動すると、祥がひとりになったのを見計らったように、また周囲に人垣ができた。

「天聖君！　先ほどはお見事でございましたな」

「粗野な西域の主《あるじ》のあの顔をご覧になったか。はは、いい気味だ」

「やはり皇帝のそばには王の鳥がいなければ……！」

先ほどまではおそらく祥を馬鹿にしていただろう口で、今度は下手な世辞を言う。

うんざりだ、と思って適当に流しながら、祥は黙々と美食と美酒にまみれることにした。

視界の端で皇帝を追う。彼は宴席の首座に戻って、玻璃《はり》の盃《さかずき》をかたむけて重鎮たちと歓談しているところだった。機嫌がよさそうだ。

あと一刻もせぬうちにみな、それぞれ帰るだろう。

なんとなくほっとして、祥は勧められた盃《さかずき》を何気なく口にした。

冷えた甘い液体はするすると喉を滑り落ちる。胃までたどりついて、慌てて吐き出そうとしたが遅い。もはや、胃の腑《ふ》の中に納まっている。

「……うっ……」

「い、いかがなさいました、天聖君!?」

酌《しゃく》をした女官に怯えの色が走る。あからさまに様子がおかしくなった祥に、毒でも入っていたかと思ったのだろう。

「い、いやすまぬ。……甘い飲み物は好かぬのだ。こ、これは何の」

女官はほっと安堵しながら答えた。

「桃の果実を酒にしたものでございます」

やはりか、と絶望が襲う。すっくと立ちあがると、祥はその場を離れることにした。

「ど、どうなさいました？」

「厠《かわや》だ。ついてくるな」

あからさまな物言いに周囲は戸惑いながらも、ついてこようとはしなかった。

足早に庭を抜けて人のいない方向へ、いない方向へと逃げるように進んでいく。人波とは逆へ逆へと避けて逃げるように走っていく。

身体が燃えるように熱い。

「しくじった」

屋敷ではそもそもアレは食卓に上らないし、山では気を遣って食卓から遠ざけられていた。

迂闊《うかつ》な自分を呪いつつ、祥は目についた堂に身を滑り込ませた。

「ぐっ……はっ……!!」

喉に指をつっ込んで吐こうとするがうまくいかない。

「……っ……朝までここにいるしか、ないかっ……」

カッと熱くなった頭を振りつつ、ずるずると壁にそって崩れ落ちた。頭の中で音がガンガンと鳴るような気がする。息が荒くなり汗が滝のように流れていく。

「はっ……」

祥は目を閉じた。つらい。

「まさか、桃の酒があるなど……」

一族以外には知られていないことだが、いいや、伝えていないことだが、迦陵頻伽《かりょうびんが》の一族は桃に酔う。どういう理屈でそのような体質になっているのかはわからないが、桃を食すると動悸が激しく、息は荒く、身体のどこもかしこも熱くなる。

要するに、媚薬をあおったようになるのだ。

子作りに励む迦陵頻伽《かりょうびんが》の番同士《つがい》は好んで食べる時期もある。だが、妻を持たない祥には縁遠いものだ。少年のころ好奇心に駆られて、桃を丸ごと一個食べたときは、どうにもならない、突如としてわいてきた性衝動に半日は苦しんだ。

「酒を一杯飲んだだけ、あのときよりは身体も大きい……すぐ、治まる……はず、……だ」

朝までここで過ごせばなんとかなるのではないか……

それまで誰にも会わずに……

目を閉じると下腹部に熱が集まるのを否が応でも認識してしまう。歯の隙間から漏れてしまう切ないうめき声をなんとかやり過ごしつつ、うめいていると。

「おい、そこにいるのか」

堂の外からいぶかしむ声がした。

「……っんぅ」

祥は慌てて袖を噛んだ。冷や汗が背中に流れる。

――このような場で、皇帝の即位を祝うめでたい場で、発情していたとでも知られたなら死ぬしかない。人がいるのは勘違いだと思って去ってくれないだろうか。

汗をかきながら耐えていると、扉の向こうも沈黙した。しかし、願いは虚しく堂の扉はドンと開かれた。

「おい、生きているか」

眩暈《めまい》がして乱入してきた人物の姿が把握できない。

「天聖君？」

「……っ」

だが、呼びかける声で誰なのかがわかってしまい祥は絶望で喘いだ。

真君！

先ほどまで敵意を向けてきた相手が目の前にいて、自分はうずくまって痴態《ちたい》をさらしている。なんと情けない姿かとあざけりを受ける覚悟で薄目を開けてみた。

「な、なぜここに」

「……いや……ええ、と。たまたまだ」

「……っう」

「俺がなぜここにいるかはどうでもいい。毒を盛られたか？　侍医を呼んできてやる。そこにいろ」

第一印象が最悪だった男は意外にも祥のそばに寄って様子がおかしいことにたじろぎ、親切に申し出る。どうも宴席で祥が誰かから毒を盛られた、と勘違いしているようだ。

「よい、……やめてくれっ」

「そうはいくまい」

祥は四つん這いになったまま、立ち上がった真君の足をはっしとつかんだ。

「ど、毒ではないっ……！」

「うん？」

「い、命には、関わらぬ……。捨て……ふ……ぅ……、置いて……！　立ち去ってくれ……っ」

「……へえ」

真君はしばらく考え込んで祥の様子をつぶさに観察する。ややあって、ふうん、とおもしろそうにつぶやいた。

「なるほど。妙に顔が赤くて息が荒いと思ったら」

息が荒いのはともかく、こんなに暗くて顔の赤さも何もわかるものか！　と毒づきたかったが、声を出すと妙な声音になりそうなので、うつむいたまま荒い息を繰り返す。

すぐ近くに真君の気配がする。しゃがみ込んで覗き込まれて確かめるように指で顎《あご》をつかまれる。左右から値踏みをするかのように眺められた。

「……盛られたのは毒薬でなくて——媚薬か」

「……っ」

盛られたわけではない。勝手に飲んでしまったのだが、まあ勘違いされたほうが都合がいいので、祥は曖昧《あいまい》にうなずいた。

「わかったら、放って……くれ」

断続的に瞼の裏で何かがチカチカと光るような気がする。何やら考え込むふうな真君の指が、顎《あご》から離れる。視界の向こうで彼の衣服が見えた。皮甲《ひこう》を脱いで官服に着替えたのだな、とぼんやりと思う。

「誰に一服盛られたかは知らんが、面《つら》が無駄にいいと大変だな」

真君は妙に感心した口調で言った。

「いや、しかし、朝までそれではつらいんじゃないのか」

「……んぁっ……」

指が明らかな意図を持って、首筋を撫でる。

妙な声をあげてしまって祥は慌てて自分の口を塞いだ。

「……貴様……っ……」

嬲《なぶ》るつもりか、とにらむと、呆《あき》れた声が降ってきた。

「助けてやろうとしているのに、にらむ奴があるか」

助け？　と不審に思ったところで、また堂の外側が騒がしくなってきた。

「真君はどこへ？」

「さあ、まったく！　少しもあの方はじっとしておられないっ」

真君の部下が彼を捜しているらしい。捜されている当の本人は面倒だなと愚痴《ぐち》って、祥をうしろから抱きしめると手でその口を塞いだ。

「んぅっ……」

「声を出すなよ。俺も今、あいつらに見つかるのは面倒なのでな」

耳元に声が落とされる。耳たぶに熱い息がかかって背筋にゾクとしびれが走る。妙な声をあげそうになるので、苦しまぎれに口を塞ぐ手にがぶりと噛みつく。

痛っ、と小さく悲鳴をあげた真君は手を放すどころか、あろうことか祥の口腔に無遠慮に指をつっこんできた。

「……ぐっ……ぅ」

祥が噛んだせいだが、血の味がする。鉄錆《てつさび》がうまく動かない舌にまとわりついて気持ち悪いのに、やわやわと舌をもてあそばれて頭に血が上っていく。

よせ、と言いたいのにぼうっとして逆らうことができない。

「……んぁっ……」

声を出さないように目をつぶって耐えていると、指が歯と唇の間に滑り込んで柔らかなそこをくちゅくちゅと犯す。

「もう、戻られたのではないか」

「仕方ない……また向こうを捜すか」

「はっ……」

真君の部下と思《おぼ》しき足音が遠ざかる。

「行ったか？」

指がするりと抜かれて、祥は崩れ落ちた。なじる気力さえわかない。

「……追手は行ったのだろう、どこかへ行け……っ」

口元を袖で拭いながら、なけなしの矜持でにらみつけると、男はほんの少し笑ったようだった。

夜だというのに、その瞳だけが猫のように一瞬、金色に光る。

金色は神族にはありえない色の瞳だ。――地底に住まう、魔族の色。

真君の母君は魔族の姫だ、という噂は本物だったのかと祥は回らない頭でぼんやりと思う。

「親切に助けてやろうとしているのだ、拒むなよ」

「……し、親切？」

何を言っているのかと問い返す。あっ、と叫ぶ間もなく腕を取られて、衣に指が侵入してくる。

「……ひ……」

裾を分け入って下穿きの間をあっさりと縫って、下腹部の萌《きざ》した先をなぞられる。

「何っ……をっ」

みじろいだ祥からいったん手を放して、真君はあっさりと言った。

「何って、媚薬のせいでつらいんだろう。身動きも取れないほどに。侍医を呼ぶのも具合が悪いだろうから手伝ってやる」

至極当然のことのように言われて、さすがに祥は絶句した。

て、手伝ってやる？　何を？　どうすると？

幼い時分に生家を追い出され、崑崙《こんろん》に押し込められ、それからは修行三昧。清く、余人とは隔絶した場所で生きてきたのだ。

知識としてはわかっていても、誰かとそういう衝動を分け合ったことなどない。

「ふざけ――」

「てはいないぞ、別に。貴殿も俺も、男同士だ。特段恥ずかしがるようなことでもないだろうに」

そんなわけがあるか！　と叫びたいのを我慢する。

「その前に聞いておくが……貴殿は真実、兄上とそういう仲ではないだろうな？」

「……兄上？」

いぶかしげな声に真君がああ、と言い換えた。

「文護兄上。もしや主上《しゅじょう》をたぶらかしてないだろうな？　と聞いている」

「……はあっ？」

素っ頓狂な声が出た。

「き、貴様。不敬にもほどがあるっ……うっ」

勢いよく立ち上がろうとしたせいで一気に頭に血が上って、またその場で崩れ落ちた。

慌てて祥を受け止めた真君は、ふん、と鼻を鳴らした。

「違うのならば、いい。ほら、楽にしてやる。力を抜け」

「ま……ん……うぅ」

待てと言おうとした口が、ぬるりとした何かで塞がれる。口づけられていると気づいてもがこうとするのに、舌をやわやわと吸われて、心地よさに膝からがくりと力が抜けた。

「……息、しろよ」

「……は……っ……」

ぐちゅぐちゅとあおるように音を立てて、口内を蹂躙《じゅうりん》される。舌、頬や唇のやわらかいところ。角度を変えて何度も形や触感を確かめるように舐められ、吸われ、次第に力が抜けていく。

「……う」

酸素が足りずにぼうっとする祥の下腹部に、真君の手が再び伸びる。払い退けようとするが、目の前の男が与えてくれる粘膜への刺激が、あまりにもよすぎて恍惚としてしまう。

身動きができない。

「あっァ……っ……！」

すっかり勃ち上がった陰茎を素手で触られて、びくりと肩が揺れる。

「あっ、あっ、あ……う」

先端は先走りではしたなく濡れていて、そこをわずかにがさついた指でいやらしくいじられ、指が前後するたびに切れ切れに喘ぐことしかできない。

逆らう気力も失せてクタリと真君に身体を預けると、試すようだった手の動きが速くなる。強く上下に扱《しご》かれて、祥はあっという間に達してしまった。

「あ……ふ……っ」

人の手によって吐精した心地よさに、感情が追いつかない。

ぼんやりとしていると、真君は、ふむ、と考え込んだ。

「一度では、治まらないのか？」

何を、と問い返す気力もなくのろのろと顔を上げると、金の瞳がじっとこちらを見ている。暗闇、かつ意識が朦朧《もうろう》としているせいではっきりとした容姿まではわからないが、存外若い男なのだ、とわかる。

「天聖君。貴殿に加勢してやる代わりにひとつ、言うことを聞けよ」

冗談ではない、なぜおまえの言うことなどと思ったが、身体は熱を持ち続ける。真君は続けた。

「文護兄上にさとされて、引き分けになった我らの試合。三本目の相手をしてもらう」

「こ……な……」

「こんなときに何を、か？　仕方ないだろう。久々に一本取られた」

「馬鹿を言えっ……。誰が貴様なんかとっ……」

「しかも大勢の前で！　もう一度やり合って完膚なきまでにおまえを叩きのめさないと気が済まん」

　軽口を叩き終えると、真君の指がまたせわしなく動く。張りつめた竿をまるでおもちゃのようにいじられて、でもその手つきが見事で律動に合わせて腰も動きそうになる。

「やめろ、いやだ、だめっ……んあっ……」

　祥は喘ぐほかない。二回目も呆気なく達して、もう十分だやめてくれ、と懇願した三回目もまるで聞く耳をもたずに絞り取られた。

「……んぅ……はあっ……」

　立て続けに三度も射精したせいか、靄《もや》がかかったようだった意識がはっきりとしてくる。だが、腰が鉛《なまり》のように重い。

「……も、十分だ。離せ……だっ」

「そうか？　まだイケそうだが？」

「……も、無理っ……」

やわやわと袋を揉まれて、うめく。そこはもうとっくに空《から》だ。やめろ、離せ、とむずかる子どものように暴れる祥を背後からなおも羽交い絞めにして、どうどう、といなしながら真君が耳元で囁いた。

「やめてやってもよいが」

「んくっ……」

恨みがましい思いで斜めうしろに顔を向けると、再び口づけられる。

「約束しろ。なかなか俺と互角に闘《や》り合える者はおらんのだ。卑怯《ひきょう》な手口は腹が立つが。おまえの腕は悪くない」

こいつは馬鹿か、と思いながらも舌の甘さにまた蕩けてしまう。

違う、この男に酔っているのではない。さっきの酒のせいだ。断じて違う——

「……んあっ……」

ぴゅく、と。もはや精などほとんど出ない。ただ腹の中がうずくようなたまらない心地がする。

「………わか、ったから、もう、やめ……」

根負けしてうなずくと。ようやく真君の手と身体が離れた。

立ち上がった男は祥を見下ろしながら言う。

「約束したぞ？」

満足げな声に、唇を噛む。

——頭がおかしいのではないのか、こいつは。と怒りを覚えながらもうなずく。さっさとどっかへ行け、とのろのろと顔を上げると真君は祥の前にしゃがみ込んで手巾で丁寧に下腹部を拭いた。

もはや何かつっこむ気力さえ失せてされるがままにしていると、真君はやけに手際よく祥の衣服をきれいに整えた。ずいぶん手慣れている。こんなふうに遊ぶ相手がそこかしこにいるからなのだろう、と推察できた。

ほら立て、と言われて腕を無理やりつかまれて立たされる。乱れた襟《えり》をきれいに整えられ、髪の乱れまでサッと整えてくれる。貴様は女官か、というくらいの手際のよさだった。

「そんなに死にそうな顔をするほどのことではないだろう。たかが口づけと手淫の手伝いくらいで。潔癖だな」

「たかがっ……!?」

言葉を失う。

「清童《そう》ではあるまいし。感謝されてもいいくらいだ」

清童だが!?　と叫びそうになるのを、祥はぐっと堪える。

醜態《しゅうたい》を見られ、手で翻弄《ほんろう》され、そのうえ色ごとの経験値の差を……差どころではない。こちらはまったく経験がないのだ……！　知られるのは悔しい。祥は目の前の男をにらみつけた。

「いいか、約束したからな。……今度俺と……」

最後まで言わせぬうちに、祥は真君の腹をめがけて渾身の一打を放った。

「……い、痛ぇっっ……！！！」

「この……痴《し》れ者がっ……!!　誰が貴様などと試合うものかっ!!　厚かましいのもいい加減にしろっ！」

至近距離で腹を打たれたのでさすがに痛かったのだろう。

ぐぅ、とうめく男を見下ろし、ふらつきながらも祥は堂の外へ出る。

「この、クソガキ、恩を仇《あだ》で返すのかっ……痛っ……」

「恩だと？　この……恥知らずっ!!　よくも、あんな……あんなっ……」

「気持ちよさげに喘いでいたくせにっ」

「死ねっ」

もう一度、真君を再度蹴り上げ……ようとしたが咄嗟に払われて、今度は祥が無様《ぶざま》にこけた。

「はは、ざまあないな、このクソ鳥め！」

「くっ……！」

文句を言ってやりたいが、まだ頭痛も止まぬし、ふらつくし、どうも口喧嘩で敵《かな》いそうにない。

「次に会った日が、貴様の命日だと思えっ……！」

「……天聖君ともあろう者が、城下の破落戸《ごろつき》のような捨てゼリフだな」

呆《あき》れ声にかまわず、堂を出る。ふらつきながらも怒りのままずんずんと歩き、その途中、右の耳飾《みみかざり》を落としてしまったことに気づく。

つい先日、祥の目の色と同じだからと義姉が作ってくれた、紫水晶と黄金でできた美しいそれ。もう落としてしまった。

堂に入ったときにはたしかにあった。だって、右の耳を噛まれた瞬間にカリ、と金属の音がしたからだ。

舌と指の甘美な感触を思い出して祥はひとりで赤面する。

宴席で桃の酒を迂闊《うかつ》に摂取した自分が情けない。さらした醜態《しゅうたい》を思い出すたび穴があれば埋まりたいほどだが、何よりあっさりと快楽に流されて一度ならず……何度も嬌声をあげた自分が恥ずかしくて、もはやここから消えてしまいたい。祥の醜態《しゅうたい》をあの男は吹聴《ふいちょう》するだろうか。

思わぬ幸運で――兄の死を、口さがない連中がそう言っているのは知っていた――天聖君の座を手にした若造《わかぞう》は呆気なく色に溺れたと。

言うかもしれない、と思って暗澹《あんたん》たる気持ちでため息をつく。

戻ろうか、と逡巡《しゅんじゅん》して、いや、と首を横に振る。明日、明るい時間に捜しに行けばよい。

とにかく先ほどのあの無礼な男とは会いたくない。

ふらつく頭で宴席に戻り、青い顔で終わるまでの時間を待つ。心配した護衛の男に「何もない」と素っ気なく告げて祥はその日をやり過ごしたのだった。

翌日、皇帝の許可を得て堂をくまなく探したけれども、ついぞ耳飾《みみかざり》は見つけることはできなかった。数日間、同じ堂に通っても見つかる気配すらない。

誰か拾った人間がくすねたのかもしれない、と祥は残念に思いながらも、諦めることにしたのは十日も経ってからだった。

落胆した気持ちで屋敷に戻り自室で白湯《さゆ》を飲んでいると、にぎやかな声と共に小さな影が駆け込んできた。

「叔父上！　叔父上！　おかえりなさいませ！　今日も皇宮に行ってこられたのでしょう？　今日の皇宮は今日はいかがでございましたか！」

「昂羽《こうう》」

きれいな銀色の髪、空の青を映したかのように明るい水色の瞳。

兄の忘れ形見である甥《おい》の昂羽だ。

兄とよく似て、そして祥とはまったく違って誰にでも、物怖《ものお》じしない甥《おい》っ子は歓声をあげながら祥に抱きついてきた。

人間の年でいえばまだ十にも満たぬ甥《おい》は、父と姉の死の間際に狙いすましたかのように現れ、さらに本来ならば昂羽がすぐにでも継ぐべき天聖君の座をかすめ取った、不吉な存在であるはずの祥を「叔父上」と無邪気に慕ってくれている。

「皇宮は楽しいところであったよ」

「陛下にはお会いになられましたか！」

「もちろんだとも。昂羽。今度はおまえも挨拶に伺うか？」

「はい！」

「では武芸だけでなく、学問にも励まねばな？」

ふふ、と誤魔化すように笑って抱きついてくるのが微笑ましい。

「ねえ、即位の式典のお話をもう一度してください」

「もちろんだとも！」

祥は甥《おい》を抱きかかえると、陛下はどんな服を着ていたの、叔父上はどこにいたの、百官はどんな人たちなのですか？　と、あれこれと彼の質問に答えてやった。

「西域を治める真君と、手合わせをされたと！　真君はどのようなお方でしたかっ？」

祥はぴしり、と固まった。

――甥《おい》の耳に、余計な噂話を吹き込んだのはどこのどいつだ。

祥は顔を引きつらせながら、曖昧《あいまい》に答えた。

「みなの前で叔父上と打ち合って、一度は真君が！　次は叔父上が勝利されたと聞きました！」

「さ、さあ……どんな方だったかな。試合うただけなので、人となりまではよくわからぬ」

亡き兄と同じく武芸が好きな甥《おい》は目をきらきらと輝かせた。

「やはり真君はお強いのですね！　剣聖の一番弟子の、叔父上に一度とはいえ勝つなんて！」

可愛い甥《おい》に、自分以外が褒められるのはあまりいい気分ではないな、と祥は口を尖らせる。

「そうではない、昂羽。私は式典のために裾の長い……動きづらい恰好をしていたからな。あちらは皮甲《ひこう》だった。やり直せば、私が百回とも勝つだろう」

「本当ですか⁉」

「無論」

うなずいたところで、「ずいぶんと強気なこと」と呆《あき》れたような女性の声がした。

視線を上げると亡き兄の妻、玲姫《れいき》が祥の侍従である小柄な白髪の青年、汝秀《じょしゅう》を従えて現れた。彼も迦陵頻伽《かりょうびんが》の一族だが、子どものころに大病をして死にかけたせいで老人のような白髪をしている。

「義姉上」

「西域の煬真君といえば、主上《しゅじょう》の腹心と名高い方ではありませんか。その方と会って早々喧嘩をするなんて、あなたらしくもない」

「いえ、喧嘩では……その、宴席の余興です」

義姉は美しい髪を指で苛々といじった。

迦陵頻伽《かりょうびんが》の髪色は通常は金か、銀色。

といっても圧倒的に銀色の髪をした者が多い。

義姉は珍しく金色の――しかも素晴らしく美しい蜜色の髪をしていた。それを結《ゆ》い上げて、瞳と同じ青い見事な色の宝石で飾っている。

息子を産んでなお、大輪の花のように華やかで美しい人は子どもを叱るような目で祥を見た。

玲姫と兄は幼馴染。

娘を産んで年若くして亡くなった正妃とは別に、仲紘はこの美しい人を愛した。祥も小さいころは可愛がってもらったので、義姉には立場を超えて頭が上がらない。

「余興ねえ。本当かしら？　ずいぶん派手にやり合った、と聞いたわよ。そのあとは真君も宴席から姿を消してしまうし、あなたもずっと青い顔だった、と護衛の者が心配していたわ」

真君が姿を消した先に祥はいたし、顔が青かったのは真君が原因ではあるが……そうではない、と思った。とはいえ、理由など義姉に言えるはずもない。

祥は目を逸らしつつも、きっぱりと答えた。

「余興です」

「言い切るとかえって嘘くさいことを知りなさい、天聖君。では、真君に何か贈って仲直りをなさいな。あなたも真君も主上《しゅじょう》の腹心。手を取り合って仕えねば」

「なかっ……なおり、ですか」

「不服かえ？」

義姉の目が吊り上がる。いや、と祥は口ごもった。

「喧嘩もしていないのに、仲直りとはおかしなこと。真君も私も頻繁《ひんぱん》に皇宮に行きます。そのときに挨拶でもすればすぐに仲も深まりましょう」

あれから十日あまり経つが、幸いにも顔を合わせることはない。

いや、そもそもアレは西域の主《あるじ》。さっさと西へ帰ったのかもしれぬ、と祥は思う。

「信じてよいですね？　仲良くできますか」

「もちろんです」

祥は真面目《まじめ》くさって言い切った。発情した身体を慰められて、頭に来て去り際に思いきり殴ったし、足蹴にもしたのだが。

永遠に仲良くなど不可能かもしれぬ、と思ったがここでそれを言っても始まらない。

「……まあ、よい。真君には私も何度かお会いしましたが、気持ちのよい方。きっと宮中に知り合いの少ない祥殿の力になってくれましょう」

慈愛と心配であふれた声音で言われては、はい、とおとなしく言うほかない。玲姫の背後で無表情で押し黙っていた汝秀が頭を下げた。

「我が君。氷華《ひょうか》様のお輿入《こしい》れの件で、いろいろと決めねばならぬことがございます」

「ああ、うん。そうだったな」

小柄で痩せた侍従は表情に乏しい顔を崩さぬまま、口を開く。

「皇宮に献上する品を目録にまとめ直しましたので、玲姫様とどうかご確認ください」

病弱な青年だが、書類整理や家内の差配、何をやらせても卒《そつ》がない。特に記憶力は誰もが舌をまくほど優れている。兄も義姉も祥もさまざまな用を、この青年に頼りきりであった。

なお無表情なのはもともとで、彼の喜怒哀楽《きどあいらく》は付き合いが長ければわかるようになる。

「氷華殿のお輿入《こしい》れもあと半年後。楽しみだこと」

目録に書かれた献上品の絹の反物のあたりを指でなぞって玲姫が息を吐いた。

祥の母方の従姉姫《いとこひめ》、蔡《さい》氷華はこのたび、一度祥の姉として戸籍を移したうえで、皇帝劉文護の後宮へ入る。

『皇帝の妻は、迦陵頻伽《かりょうびんが》の一族の娘でなければならぬ』

大華《たいか》の始祖の遺言はここ数代守られてはいなかったが、新帝は始祖を尊ぶがゆえに遺言を守ることにした。

病を得て亡くなった先の正妃のあとに、氷華を皇后として立て、皇子の嫡母とするのだ。身分が低い母から生まれた皇帝の箔《はく》を付けるためだろう。

そして、同じく天聖君といえど、妾腹《しょうふく》の祥は一族からも、宮中の重鎮からも侮《あなど》りを受けている。その祥に「皇后の弟」という外戚の立場を与えて、守る意味合いもあるのだろう。

「……美しい花嫁姿になるでしょうね」

現在、氷華は花嫁修業に励んでいて、来月には正式に公表される。

祥は闊達《かったつ》な従姉を思い浮かべた。祥は妾腹《しょうふく》、そしてその母は一族の中では身分が高くはない家門の生まれだった。ごく幼いころは母の家門で育ったし、氷華と共に野山をかけ巡った。実の姉のように思っていると言ってもいい。

本来ならば、氷華も皇后になるような家の娘ではない。

だが、朗《ほが》らかで、聡明で、明るい彼女の気質を皇帝が気に入り、何より——迦陵頻伽《かりょうびんが》の当主一族の「遠い血を持つ娘」ということで、白羽の矢が立った。

「後宮には陛下の妃《きさき》が数人おられるが……大丈夫だろうか」

まだ公ですらなかった時代から皇帝劉文護を支え、皇子ふたりと公主を産んだ正妃は亡くなった。しかし古くから仕える側室はいるし、即位した直後に有力神族から嫁いだ妃《きさき》もふたり。

皇帝に「始祖の遺言に従って迦陵頻伽《かりょうびんが》の娘を皇后にする」と言われれば妃《きさき》たちも納得するしかないだろうが、その心中は穏やかではないだろう。

特に貴妃として仕えている名家、趙氏出身の趙燕児《えんじ》は大司空の娘。趙父娘には「皇后と外戚になるのは己たち」という自負があったと聞いている。

それを皇帝の意思とはいえ、わいて出たような祥と氷華に取られたのだ。内心はおもしろくないに違いない。

いつ会ってもにこにこと好々爺《こうこうや》の仮面を外さない、だが目の奥はいつも笑っていない趙のことを思い出し、祥は重い気持ちになる。祥は彼らに悪感情はない。

だが、皇帝が彼らと距離を置きたがっているのも知っている。彼らを牽制《けんせい》するためにも「迦陵頻伽《かりょうびんが》の皇后」が必要なのだ。

——政《まつりごと》に翻弄《ほんろう》される立場の、生贄《いけにえ》の鳥。

どこまでも自由に野原を駆けていく人だった氷華が、後宮の中に閉じ込められることになる。それはいかにつらいだろうかと思うが、本人は『皇帝の妃《きさき》には、なりたくてもなれぬ。悪くない選択だ』と笑っていた。

「せめて後宮での暮らし始めに……、不便がないように。貢ぎ物も花嫁衣装も、最上の物を準備せよ」

「御意」

汝秀が頭を垂れる。

玲姫は目録に再び目を走らせた。

その隣で昂羽も目録を覗き込んで、「持っていくものがたくさんですね！」と無邪気に目を細めるので、祥は心を和ませた。

「大丈夫ですよ、祥殿。氷華殿は賢く強い人ですもの。きっと後宮でも己の道を切り開いて、誰よりも幸せになれますわ」

「そうだといいが……」

ふたりしてしんみりしたところで、足音が聞こえてきた。

扉の前で、聞き慣れた声がする。

祥の護衛である男、文宣《ぶんせん》だ。

「我が君……天聖君！　そこにおわしますか」

「どうしたのですか、文宣。今、天聖君は忙しい。そなたも知っておるだろうに」

ひどく周章狼狽《しゅうしょうろうばい》した様子の声に、玲姫が柳眉《りゅうび》を逆立てる。

「も、申し訳ありません。奥様。いや、玲姫様」

「ここにおる。何事があった。入れ」

いつも心配性な男だが、顔が目に見えて青い。どうも様子がおかしい。

彼が扉を閉めて汝秀に何事か耳打ちする。わずかに目を見開いた汝秀は、昂羽の手をそっと引いた。

「若君。どうか汝秀と若君のお部屋へ。そろそろお勉強の時間ですよ」

「はあい。叔父上。またね」

聞き分けのよい甥《おい》は、何かを感じ取ったのかおとなしく房を出ていった。昂羽には聞かせたくない話があるのだろう。

「いかがした？」

問いただすと文宣は青い顔のまま跪《ひざまず》き、祥と玲姫に告げた。

――すなわち。

「氷華様がお屋敷のどこにもおられません」

第二章　水と油は相容れぬもの／水火不相容

大華《たいか》の皇都、輝曜《きよう》は城郭都市である。

都市の際《きわ》には必ず石でできた囲いがあり、そこが都市の終わりになる。敵が侵入してこないようにと作られた囲いは大人の背丈の倍あるが、続いた皇位争いの戦乱のせいで、ところどころ打ち壊されたままになっていた。

これでは外敵が来たときに守りもままならぬ、と新帝が即位して十年、ようやく土木事業として城郭の破損箇所が修復されつつある。

作業を指示するのは主に皇宮に勤める軍人たちだが、実働部隊の人夫《にんぷ》は輝曜《きよう》の平民たちだ。

輝曜《きよう》に住まう――あるいは輝曜《きよう》の近辺に住まう平民たちには、税が課されている。ここ二十年ばかりは戦時下だからと徴兵されていた者たちが解放され、代わりにこういった土木事業に駆り出されている。

年にふた月ほど公のために労働力を提供するか、金銭であがなうか。

平民は、労働力を提供する者が大半だった。

土木作業は汗もかくし、腹も減る。一日の労働が終わる申《さる》の刻になると、連れだって露店で酒をかっ食らっている者たちは大半がそういった労働者だった。

「それで、天子様のお顔を見たと？」

「見た！　見た！　思慮深げな方でな。御髪は濃い灰色。瞳の色はわからないが、堂々としたお姿だったよ！」

いささか興奮気味に語るのは、まだ若い男だった。

どうやら数日前の即位の式典で、一番うしろの席で衛士として参加することを許されたらしい。平民にはめったにないこと――この若い男が以前、戦場で些細《ささい》な功を立てたことによる褒美――それも皇帝自らのお達しだったらしいと聞いて、若い男はひどく感激したらしい。

「さすがは文徳様。人の心がよくわかっていらっしゃる！」

「しっ……！　公の時代ならばいざ知らず、陛下のお名前を軽々しく呼んだりしたら刑吏《けいり》に連れていかれるぞ！」

皇帝の本名は劉文護。

公時代はその徳の高さから領民から「文徳様」とあだ名で親しまれていた。だが即位して十年も経った今、往来でその名を呼ぶのはたしかに不敬だろう。

「かまうものか！　連れていかれたら言ってやる。俺は陛下から直々にお目見えを許された男だぞ、おまえはなんだ、となと！」

ふふん、と自慢げに若い男は胸を反らした。

「それに、並ぶ百官の見事だったことよ。南の焔公、西の真君、李将軍に、北の黒公《こくこう》。ああ、それに」

男はぽん、と膝を打った。

「当代の天聖君様も見たぞ！」

男の周辺がざわめき、ふたつほど離れた卓にいた黒髪の青年は、げほっとむせた。

せき込んだ青年を一行がいぶかしげに見たが、彼らは話を再開した。

「あの青仲紘様の弟君！」

「ちらりとしか見えなかったが、まるで銀でできたように美しいお姿だったぞ。迦陵頻伽《かりょうびんが》の一族は本当に銀色の髪をしているんだなあ……」

「はあ、それは素晴らしい！」

「しかも、兄君と同じく、剣技も秀でておいでになる。なんといっても宴席であの真君と――」

続く噂話に少し離れた卓で麺をすすっていた黒髪の青年……に姿をやつした祥は、深々とため息を落とした。

「城下でまで、噂になっているのか……」

己の軽慮がつくづく、恨めしい。食欲も落ちそうだ、とげんなりしながらも箸を進める。気苦労が増えるとからいものを食べたくなるのはなぜだろうとつまらないことを考えながら、またひと口麺をすする。

「おいしいな……」

城では美食三昧、と言いたいところだが品のよい薄味のものが出されることが多い。あれはあれでおいしいが、修行中の崑崙《こんろん》で師父である剣聖が作ってくれた、庶民的だが濃い味つけに慣れてしまっていたので、無性に濃い味付けが恋しくなるときがある。

——兄の跡を継ぐ、崑崙《こんろん》を去ると言ったときは師父はたいそう嘆いたし、崑崙《こんろん》の主《あるじ》である西王母にいたっては一度勘当《かんどう》した者を家の都合で無理やり引き返させるとはどういうことか！ と激怒していた。それでも帰ると告げた祥に怒り狂って、別れの挨拶さえできなかったほどだ。料理のおかげで昔の記憶が思い出され、懐かしいなと目を細める。

「市井《しせい》に下りたほうがほっとするとは」

自分の庶民舌に呆《あき》れていると、先ほどの一団からいきなり話を振られた。

「なあ！ 大人《たーれん》！ そうだよな!?」

「うん？」

どう見ても己より外見上は年上の一団から大人《たーれん》などと呼ばれたのは、祥の服装が地味でも高価だとひと目でわかるのと、長剣を佩刀《はいとう》しているからだろう。

長剣は高価だから、自前で持っていて市井《しせい》をうろつくのは金持ちの公子《ぼんぼん》か、貴族だろうと簡単に予測がつく。

「すまん、腹が減っていて……食事に夢中で話を聞いていなかった。何か？」

「はは、ここの麺はうめえもんなあ。大人《たーれん》、あんたは神族か？」

「まあ、そうだな」

神族は輝曜《きよう》の住民の一割程度。その半分が貴族だ。

「神族なら話が早い。あんた即位の式典で天聖君様を見ただろう？」

「えっ……いや……」

「俺は遠くから見ただけだがなあ、あんたにそっくりだ！　いや、兄さんもやけにいい男だなあ。よく言われないか？」

若い男の言葉を受けて、まわりにいた男たちが興味津々といったふうに祥を見る。

コホンと咳払いをすると祥は視線を逸らした。

「私は、即位の式典で天聖君を見てはいない」

嘘ではない。本人なのだから己の姿は見えない。

「似ているというのも言われたことがないな。私の髪と目は黒いし」

神族は人間と比べて色彩豊かな者が多い。青や緑の目は人間にも生じるが、金色や銀色の髪といえばまず神族以外にはありえない。

しらばっくれると、若者はたしかに、と納得したうえで繰り返した。

「まあ、俺も遠くから見ただけだったしなあ、とにかくいいものを見たよ」

新帝は好意的に受け入れられているのだとうれしくなる。祥にとって皇帝は兄と親しかった、尊敬できる慕わしい方だ。彼の治世がよい方向に向かえばいいと思う。

それにはまず……と祥は直面している厄介ごとを思い出した。

「そうか、それはよかったな……。ところでたずねたいことがあるんだが。このあたりで、治安がよく、飯が旨い宿屋はあるか？」

「おや、兄さん旅の人か？」

「ああ。私は道士で、都には仕事で来たんだ」

へえ、と若者たちが目を見開く。道士というほど術は使えないのだが。崑崙《こんろん》で学んでいたから自称するぶんには罪にはなるまい。

都には詳しくないから教えてほしい、連れも来るからできれば女性も泊まれて小綺麗《こぎれい》なところがいいと言うと、都の南西の宿を教えてくれた。

「都で商売をしているのは大抵が人間だが、そこは神族の夫婦が営んでいるんだ。値は張るが客層がいいぜ。あんたみたいな神族と、金持ちな人間が半々だ」

「そうか、ありがとう」

祥はうなずいた。人夫《にんぷ》たちの夕飯代も払ってやると、喜んで案内してくれると言う。

「神族の営む宿か」

大華《たいか》の宿は大抵一階が食堂で、二階部分が宿になっている。案内された場所も、例に漏れずそういった造りのようだった。

店の主人に一泊する、と告げて部屋に案内され、ほとんどない荷物を部屋に置いて食堂へ降りる。宿泊するのは本来の目的ではない。

――後宮に入るはずだった氷華が消えた。

愕然《がくぜん》とした祥と玲姫は、ひとまず動揺を誰にも悟られぬように周章狼狽《しゅうしょうろうばい》する護衛に固く口止めして、部屋に行った。

「お嬢様がどこにもおられない……！」

「どこに行かれたのか」

祥は部屋の中央で青ざめている侍女ふたりを見た。

氷華付きの侍女は三人。目の前にいる年配のふたりは、玲姫が自分の馴染みの侍女をつけたもの。ひとりは仲紘の亡くなった姫、伽耶の乳母《うば》でもあったから玲姫や祥の信頼は篤《あつ》い。

ここにはいない若い娘は、氷華が実家から連れてきた者だった。

具合が優れぬ、少しひとりになりたい、と氷華は言ったらしい。それで侍女ふたりは彼女を置いて部屋を出た……そしてどこにもいない、という。

「……おまえたちふたりは、このことを誰かに言ったか？」

「天聖君！　まさか、誰にも……まだ……！」

祥はふう、とため息をついた。

「氷華は急な病で寝ついている。流行《はや》り病の疑いがあり、罹患《りかん》する可能性がある。おまえたちは、この部屋から出られぬ。よいな？」

侍女たちは一瞬不安そうな表情を浮かべたが、祥の厳しい顔に覚悟を決めたのか、床に額《ぬか》づいて平伏した。

「……承知いたしました」

「しばらく、不便をかける」

「お嬢様のおそばを離れた我々の咎《とが》です。いかようにも罰を受けまする」

「天聖君のお心のままに」

玲姫もふたりに倣って跪《ひざまず》いた。

「私の不徳の致すところ……」

祥は義姉を立たせた。

「義姉上、今はよしましょう。誰かの咎《とが》を言い立てても意味がない」

祥は侍女たちに、続きの間に移るように命じた。

氷華の部屋に、玲姫と祥だけになる。

「……ともかく氷華はここにいない。文宣は氷華が連れ去られたのでは、と言っていたが――」

難しい顔で眉間に皺《しわ》を寄せていると、細い声がした。

「我が君」

「汝秀。……昴羽はどこに？」

「今日はもうお休みになると寝所へ行かれました。若君は聞き分けがよくていらっしゃいます」

よすぎるくらいだ、と祥は悲しく思う。

頼りにしていた美しく強い父が姉と同じ日に亡くなり、難しい顔をした親類が集って、なぜか己ではなく、祥を跡継ぎにした。しかも、そのことに母も反対しない。

——聡《さと》い子だ。幼いながらに何かがおかしいと感じているに違いないし、不満もあるだろうが、表には出さない。

そして昴羽を天聖君にできない理由を今はまだ本人に知らせるわけにはいかない。

「そうか。ならばよい。汝秀、氷華の気配をたどれるか？」

「お嬢様の……気配でございますね」

物静かな男は小さく指を震わせて、口の中で素早く呪《しゅ》を唱える。

指し示す方向に人影が揺れた。

「氷華」

陽炎《かげろう》のような半透明の氷華が現れた。

汝秀は病弱で年の半分は床に寝ついているが、記憶力がよく、文官として極めて秀でている。さらに、仙術を独学で学んで、崑崙《こんろん》の道士にも引けを取らぬ才があった。

「お嬢様の思念がまだ残っておりました」

「これは、先ほどまでここにいた氷華の姿か？」

「はい、我が君」

汝秀は無表情で説明した。

氷華は何やら書づけをしている。思いつめたような顔をして今まで書いていた紙を枕元の文箱に忍ばせると、彼女は立ち上がった。誰かが呼んだのか部屋の外に出ていく。

そこで幻影は消えた。


――祥殿。理由は言えないが、行かねばならぬところがあって、輝曜《きよう》からしばらく姿を消します。心配しないで。ひと月後には必ず戻ってきますから。


文箱の中の紙にはそう書いてあった。

侍女の水玉《すいぎょく》は自分と一緒に連れていく、と。

玲姫はその場で膝から崩れ落ち、文宣は自分のせいだ、自分がしっかり見ていれば！　と終始青ざめていた。

素早く立ち直った玲姫は「なんと無責任な！」と憤慨していたが、祥は、妙だ、と思った。氷華が手放しで皇后になることを喜んでいたわけではないだろうが、無責任に自分の役割を放り出すとは思えない。そういう人ではないのだ、と思う。

思うが……

いや、ひょっとしたら怖気づいたか。嫌気がさしたのかもしれない。

祥が知っているのは幼い時分の氷華と、ここ数年の彼女だけ。すべてを知っていると思うのは傲慢だろう。

どちらにしろ「帰ってくる」という言葉を信じて放置するわけにもいかず、氷華と共に祥も病を得たと言い訳して彼女を捜すために市井《しせい》に下りてきたのだが。

祥は宿の一階の食堂の端っこに陣取ると軽食と酒を注文した。

給仕の娘がやけに秋波《しゅうは》を送ってきたが、勘弁してくれと気づかぬふりをする。

こちらは氷華を捜すので、それどころではないのだ。

――さて、どこから捜したものか。

神族の女は平民と違って仙術をよく使うから、男に比べて力が弱い、とは必ずしも言えない。

ただ、輝曜《きよう》の人口は人間が多い。氷華と水玉、迦陵頻伽《かりょうびんが》の美女ふたりが供も連れずに旅をしていたらさぞや目立つだろう。

城郭都市の輝曜《きよう》から出るには、城門を出る必要がある。

――神族の女がふたり出た形跡は今のところない。

城郭の崩れた場所から出ていった可能性がないわけではないが、補修箇所には必ず衛士が立っているから、城門から逃げるより難しいはず。

ならば、ふたりは輝曜《きよう》のどこかの宿に泊まったに違いない。

行動力があるとはいえ、世間知らずの女がふたり。宿を選ぶならば神族が営む宿を選ぶだろう。

彼女たちがいるか、もしくは彼女たちを見た者がいるかもしれない。

しかしどこから捜すか、困った、と酒をちびちびとあおる。

「兄さん、ひとりか」

「……うん？」

隣から、ふたり組の体格のよい男と女が笑顔で声をかけてきた。

似た容姿のふたりは猫のような目をしている。おそらく神族——皇都の近くに多く住む獣《じゅう》神族だろう。霊獣を祖先とし、霊獣の力と姿を持つ一族だ。数は多くないが、腕力や体力に優れ、兵士や衛士になるものが多い。彼らもそうだろうか。

「見かけない顔だが、どこから来た？」

理由を問う声に警戒する響きはない。単純に見かけない顔の祥に興味があるような素振りだ。

「普段は東にいるんだが、たまたま里帰り中だ」

「ほう！」

「ここで落ち合うはずの姉と、その侍女とはぐれてしまってな、ひとり寂しく飲んでいる」

修行していた崑崙《こんろん》は東に位置している。姉を捜しているのも、まあ嘘ではない。

微妙に虚実を混ぜた説明に、ほお、と男女は顔を見合わせた。

そのしぐさもよく見れば顔も似ている。血縁者なのかもしれない。

「あんたの姉ならさぞや美形だろうな！」

「……まあ、そうかな」

謙遜《けんそん》してても仕方ないので、真面目《まじめ》くさった顔で肯定するとおかしかったのか、女のほうが声を立てて笑う。

「あはは、きれいな顔に自覚はあるんだ」

「一族が総じてこんな顔だからな。たいして珍しくもない」

くすくすと女は笑った。

ふたりは寂しく飲むくらいなら一緒にどうだ、と卓に誘ってくれた。

ありがたく、とふたりの誘いに乗ることにする。持ち物や身体つきからふたりとも武人だが、貴族という感じはしない。聞けば裕福な家の姉弟とのことで、屋敷が都にあって、宿にはたびたび食事をしに来るとのことだ。

常連ならば何か知っているかもしれない。

「姉は昨日から都にいるはずだ。神族とはいえ、女ふたりでこのあたりをうろついていたら目立つと思うんだが。この宿にいなかったか？」

「ううん、どうかなあ。俺は見ていないが。宿の主人にあとで聞いてやろう」

気のいい男の申し出にありがたい、と祥は頭を下げた。

何か手がかりが見つかればよし。わからなければ、汝秀の呪《まじな》いに頼ってもう一度捜すしかない。

汝秀が水鏡《みずかがみ》でふたりの気配をたどった限りでは、まだ都の中にいるらしいのだが……それより深く追おうとすると、霧がかかったかのように妨害が入るらしい。

氷華の仕業かもしれぬな、と思う。

迦陵頻伽《かりょうびんが》の一族は（祥は才に乏しいが）仙術が得意。足取りを隠すために、何かしらの幻術を施していてもおかしくはない。

考え込む祥を気遣ってか、男たちはあれやこれやと食べ物や飲み物を勧めてくれる。案内してくれた男が言った通り、宿の肴《さかな》は美味だ。

「まあ食え」

気のいい男女に宿の名物という酒や菜を勧められ、それを言われるがままに食べつつ、祥はふたりの会話に耳をかたむけた。

「いやしかし、都が平穏になってよかった。そうでなければ、いかに神族とはいえ女ふたりで旅をするなどはありえぬ」

「そうなのか？　私は二十年以上ここを離れていたから、詳しくは知らんのだ」

ふたりはいかにこの二十年前が――先帝が崩御してからの皇族同士の争いが――熾烈《しれつ》だったか

を話してくれた。

「知らないなら知らないままのほうがいい。陛下が奮起される直前など……狂王がこの都を荒廃させてひどい有様だった」

「道の端々《はしばし》に死体が転がっていたし。本当に、平和はいいことよ」

しみじみと言われて、そうだな、と祥はうなずく。

兄弟が殺し合い、平民が殺し合いをさせられ——一族郎党《ろうとう》が離散するような戦はもうこりごりだ、と。そう言うのはわかる。

「私はそのころ、山にこもって都にいなかったが」

と、こっそりとため息を漏らした。

天聖君だと、皇帝の腹心だと褒めそやされる男が先の苛烈な戦を知らぬ、終わってから我が物顔で兄の遺産をのうのうと手に入れる。それでは反発があっても仕方ないと心底思う。

「まあ、平和になるとあいつみたいに職を失うこともあるしな」

「あいつ？」

祥は首をかしげた。

男は手を挙げて、店の入り口にいた男を呼んだ。

「おい、二郎《じろう》。久しぶりじゃないか」

「なんだおまえ、生きてやがったのか」

「おまえこそ！　急に消えやがって何をしていたんだ」

「身内の祝いごとがあったんだ」

声の方向を見ると、浅黒い肌の背の高い男がそこにいた。

くたびれた木綿《もめん》の長衣にざんばら髪。髭《ひげ》を生《は》やしているので年齢がよくわからないが、この男女と知り合いということは神族なのだろう。たぶん。

「なんだ、ふたりだけじゃないのか。こっちは――」

祥は立ち上がって軽く礼をして偽名を名乗った。

「蔡子祥《さいししょう》という。友人方の晩餐《ばんさん》に交ぜていただいている」

二郎と呼ばれた髭面の男はなぜかその場で立ち尽くした。こちらを見返す瞳はふたりのように猫目ではない。同族ではないのだろう。

「何か？」

「どうした、二郎。なんだ、見惚《みと》れてんのか？　きれいな兄さんだからなあ」

がははと笑った男を小突いて二郎は咳払いをした。

二郎は黒い髪と明るい茶の瞳をした男だった。

むさくるしい髭面で容貌は小汚いが、体格がいい。髭《ひげ》を剃って身なりを整えれば様変わりしそうだな、と失礼なことを思う。

「飲み仲間の二郎だよ。姓は……なんだったかな。まあいい。こいつは皇宮の衛士らしくてな」

「えっ」

「いやっ……」

祥は多少の驚きをもって彼を見つめた。見つめられた二郎もびく、と肩を揺らす。

衛士であれば祥の顔を知っているかもしれない。それはまずい。しかし、衛士ならばもっと汚い恰好をしているのではないだろうか、とも思う。

祥の視線から目を逸らし、コホンと二郎は咳ばらいをして席についた。

「まあ、衛士と言っても、その衛士らしき仕事はあまり……してはいないんだが。おい、初対面の相手に余計なことをばらすなよ」

「はは！　ばらされて困るようなことがあるのか、おまえ！　下っ端、ということだよな。二郎」

ばしばしと背中を叩かれて二郎は痛そうに顔をしかめる。

「下っ端……、まあ。こき使われてはいるな」

「そう、か」

下級の衛士ならば、祥の顔を見知っているということはあるまい。祥はほっと息をつく。

二郎は適当に酒と肴《さかな》を頼むと、頬杖をついて行儀悪く盃《さかずき》で祥を指した。

「それで？　いかにも金持ちそうな兄さんがこんなところで何を？」

「……姉とはぐれて」

先ほどの説明を繰り返すと、ふぅん、と干物を食《は》みながら男はうなずいた。

「あんたの姉は、外見はどれくらいの年だ」

「私とそう変わらない。人間なら二十歳前後に見えるだろう。侍女はもう少し若い」

尋問にでもあっている気分を味わいつつも律儀に回答する。

「ふたりは何か術を使うのか」

「まあ、それなりに」

まさか迦陵頻伽《かりょうびんが》の一族の娘だ、と言うわけにもいかないので曖昧《あいまい》に肯定する。

「姉は剣も扱うし、並の人間相手であれば男でもおくれを取るような人ではない……が、やはり女ふたりは不安だからな」

二郎は盃《さかずき》をあおって、声を潜めた。

「脅かすわけではないが、つい先ほど神族の女ふたりが通り魔に殺された」

「……なっ！」

「俺は、聞いただけだが……」

「いつごろの話だ!?　どこで!?」

驚いて立ち上がった祥を、どうどうと二郎がなだめた。

「落ち着いてくれ。歳はあんたの倍くらいだから、死体は姉君でも侍女でもなさそうだ。が、神族を殺せるような通り魔が出るようでは都も安全ではない。早く合流したほうがいいだろうな」

安心しつつも祥は眉をひそめた。

つい今しがた新帝の治世を褒めたばかりというのに、その膝元で神族の女が殺されるとは穏やかではない。

「あんたの姉ならば、さぞや美形だろう。美女が少女を連れてふたり旅。たいそう目立つだろうし、そこらへんの輩《やから》に聞けばどこに行ったかはわかるんじゃないか？」

「……だといいが」

ちなみに、と二郎は探るような視線でこちらを見た。

茶色の瞳はよく見れば理知的で、光を弾《はじ》くと薄い色をしている。

「あんたの姉の容姿はどんなふうだ？　髪の色は？　瞳は？　名前は？」

「……ぎ」

馬鹿正直に銀色、と言いそうになって祥は言いよどんだ。

神族は人間に比べて色彩豊かな髪と瞳の色をしている。けれど、銀色の髪をしているのは迦陵頻伽《かりょうびんが》の一族くらいのものだ。

「ぎ？」

「……金色だが……髪を染めているかもしれないな」

「なぜ」

銀色の髪は目立つからに決まっているが、それを正直に言えるわけもない。

祥は視線を泳がせて「……気分で」と適当に答えた。

ほおん、と二郎がうろんな目でこちらを見る。

猫の目をした男女もそんなことがあるか？　と首をかしげている。

祥は強引に続けた。

「名前は……どうだろう。用心深いところのある人だから偽名を使っているかもしれない」

なるほど、と二郎はわかったような、わかっていないような返事をした。

「まあいい。神族の女――それもあんたを見る限りどうやらワケアリの深窓《しんそう》のご令嬢のようだ――が、輝曜《きよう》をふらふらしていないか、確認すればいいんだろう」

「うん。そういうことでは、あるかな」

素直にうなずけば二郎はニコッと笑った。人好きのする笑顔の男だ。

「いいぜ。飯と酒を奢《おご》ってくれたら、宿屋の主人と、人捜しに詳しい奴に聞いてやる」

二郎の隣にいた猫目のふたりも「自分たちも知り合いに聞いてやろう」と請け合った。

「親切に感謝する」

礼を述べると「恩を売りたいだけだ」と二郎は皮肉に笑った。

「恩？」

「あー……、まあ、金を持ってそうだからな、兄さん」

ううん、と今度は祥が唸った。

「私の身なりと、ついでに顔がいいので誤解させたらすまないが」

「……自分で言うか？」

呆《あき》れ声に祥はフン、と鼻を鳴らした。

「否定するのも嫌味なのでな」

祥はちびちびと酒をあおる。

顔がいいのは、迦陵頻伽《かりょうびんが》の一族に生まれたならば当たり前。そういう種族だ。

たしかに己はその中でも飛び抜けて顔はいいだろう……が。容姿でいい思いをしたことはない。父の妾《めかけ》だった母に生き写しだったせいで、父の正妃と仲紘以外の異母兄や異母姉にどれほど苛烈にいじめられたか！

――鏡を見ればいつも泣いて祥に謝る母を思い出すし、己の容貌はたいして好きにもなれない。

「残念ながら、衣服も借り物で、あまり自分で動かせるような金はない。……もちろん、姉を見つけてくれれば礼はするが。私自身は家が裕福なだけの、しがない道士だ」

「いい得物を持っているくせに？」

二郎は祥の腰の長剣に目をやった。たしかに腰の長剣は、崑崙《こんろん》を去るときに師父が祥に贈ってくれた逸品だ。飾りはないに等しいので、そのことに気づく者は少ない。それに気づくとはこの男も腕が立ちそうだ。

へえ、と祥は素直に感嘆した。

「貴殿は剣が好きなのか」

「まーな、その剣は、かなりいい気配がする」

気配とは？　と祥は首をかしげたが、そういえば先輩道士も師父もその剣は「いい気を放っている」と絶賛していた。神族の中にはそういった気配に敏感な者もいて、この男もそうなのだろう、と多少うらやましく思う。本当に祥には仙術の類《たぐい》の才能がないのだ。

なんとなくよそよそしかった二郎も酒を二杯、三杯と重ねると機嫌よく話をしてくれた。顔馴染の者も多いらしく「よう、二郎じゃねーか！」とか「生きていたのか！　会えないうちに俺は爺さんになるところだったよ」とか。

神族も、おそらく人間だろう客も気さくに彼と会話を交わす。

人に好かれる性質なのだろう。初対面の相手には大抵可愛げがないとか、澄ましているとか言われて、高確率で嫌われる祥とは正反対だ。

「むさいなりをしているが、こいつはどうしてだか、やけに顔が広いからな。仲間内から姉さんの情報を仕入れてくれるだろうさ」

「むさいは余計だ」

二郎は小さく舌打ちする。

祥が「くれぐれも頼む」と頭を下げると二郎はなぜか「調子が狂うなあ」とぼやいたが、仕方ないと承知してくれた。

夜も更けたので、祥は予定通り宿に泊まることにし、二郎も別の部屋に上がっていく。彼はここを定宿にしているそうで、私物を置きっぱなしにしている部屋があるらしい。

「衛士のくせに部屋を陣取ったままとはずいぶん金があるんだな」

祥がいぶかしむと「人徳だ」とさらりと返された。

部屋にひとりになって祥はため息をついた。

宿屋から湯を分けてもらい、簡単に身支度をして横になる。やかましい食堂の喧騒《けんそう》が今は耳に心地よい。

静寂が訪れれば、余計なことばかり考えてしまいそうだ。

「……明日、氷華の足取りがつかめなければ、汝秀の術に頼って深追いするしかないか」

今回だって汝秀は自分で捜そうとしたのだ。

『氷華様の行き先は、なんらかの術で多少の妨害がございます。ですが今少し無理をすれば、捜し出せるでしょう』

そう言った汝秀が涼しい顔をして術を使おうとしたので、玲姫と祥は青くなって止めた。

汝秀の仙術は、崑崙《こんろん》の手練《てだ》れの道士と比べても遜色《そんしょく》ない。何かを捜す能力にも非常に長《た》けている。だが彼は本当に身体が弱いのだ。簡単な術ならばいいが、大きな術を使うと身体への負担は凄まじい。それでも平気な顔で玲姫や祥、生きていたころは仲紘のために無茶をして……、年に一度は死にかけている。

己がすぐに連れ戻すから今は待て、と汝秀を説き伏せて祥はここに来たのだ。

「配下の体調を気遣っている場合ではない。甘い、と言われるかもな」

祥は横になって目を閉じ氷華のことを考えた。

氷華は後宮に嫁ぐ身。

このまま彼女がいなくなったら、一族から誰を代わりに推挙すればいいのか。いや、そもそも代わりなど許されるはずもない。「迦陵頻伽《かりょうびんが》の花嫁は新帝に嫁ぐのが嫌で、妃候補《きさき》から逃げた」などと誰かが言えば、後見の祥の立場ごと失いかねない……

祥が立場を失うことなどかまわない。どうせ崑崙《こんろん》で師父に仕え、雑用をこなしながら慎ましく終える予定だった生涯だ。だが……

（――祥、弟、弟よ……息子と妻を頼む。一族を……どうか……）

今際《いまわ》の際《きわ》、兄の無念の声が頭から離れない。兄と共に、あどけない可愛らしい顔で眠るように亡くなった姪のことを思い出すといつも吐きそうになる。

いつも明るく、賢く、強く。皇帝の右腕として前途洋々だった兄が、なぜあのような死に方をせねばならなかったのか……！

「兄上……。私には無理です……私には……」

胎児のように丸くなって眠ることにする。

うつらうつらと睡魔に襲われて、喧騒《けんそう》が次第に聞こえなくなっていく。

やがて宿が寝静まったころ、小さな足音がした。忍びたいのにいまいち忍びきれないような、闇夜に誰かの複数の気配。

目を開いた瞬間、白刃が月明りを弾《はじ》いたのが見える。

「──誰だっ！」

剣を手に取ってそれを避けた祥は、剣の主が先ほどまで会話をしていた衛士の男、二郎だと気づいて舌打ちをする。

「なぜ私を⁉」

そう問うた次の瞬間、二郎の剣先は祥ではなく己の背後に振り下ろされた。

「──ギャアッあああぅ」

「……っ⁉」

絶叫する声に驚いて勢いよく振り返ると、そこには黒ずくめの男がいて、短剣を持つ腕ごと斬られている。

「起きろ！」

──黒ずくめの男が祥を殺そうとして、二郎がそれを助けてくれたらしい。

言葉を失った祥は腕を二郎に引っ張られ、その背中に匿《かくま》われる形になる。

「怪我《けが》は」

「ない」

「それは何より」

「なぜ、ここへ……」

「話はあとだ」

厳しい声で言った二郎は倒れた男に近づく。

黒ずくめの男は舌打ちし、何やら口の中で文言を唱えた。にゅるりと嫌な音を立てて暗闇から大きな蛇が這い出る、術で化け物を出したらしい。

牙をむき出しにして、襲いかかってきた大蛇を二郎は避《よ》ける。すると、大蛇はそのまま柱に食らいつき、大きな音を立てて柱を噛み砕いた。噛みつかれたらひとたまりもないだろう。

ぬらぬらと動きながら大蛇が舌を出す。

「行けッ」

男が大蛇に短く命じる。

祥は小さく舌打ちして剣を抜いた。白刃が室内の光をわずかに弾いて煌めく。大蛇が勢いよく口を開けて向かってくるのを、祥は無造作に切り裂いた。

まるで紙を裂くかのように呆気なくまっぷたつにされた蛇を、男が驚愕の表情で見る。

血を払って祥は男を見下ろした。

「この剣は特別でな。大概《たいがい》のものは多少硬くとも斬れる」

男は忌々《いまいま》しそうに祥を見たが、その場に倒れ込んで痙攣《けいれん》する。様子がおかしいのに気づいて駆け寄ったが、男は口の端から血を流していた。

「毒か……」

男はしばらくうごめいていたが、やがて動かなくなった。——死んでいる。

二郎は男に近づくと、その口を開けた。だらりと弛緩した舌と無念そうに見開いた目を見る。その瞳は光を失って茫洋《ぼうよう》としているものの、金色なのが分かる。

「魔族の血が混じった奴だな」

「……魔族」

大華《たいか》の南の半地下に住む一族だ。

浅黒い肌に金色の瞳を持ち、大華《たいか》とは神を別にする異種族。当代の魔族の王は大華《たいか》にはそこまで敵対してはいないが、昔から国境を巡って頻繁《ひんぱん》に争っていた。魔族特有の残虐性ゆえ、大華《たいか》の民の大半は魔族に悪感情を持っている。

「蛇の刺青《いれずみ》がある——」

二郎は己が切り落とした腕から衣服を剥いで祥に見せた。腕をぐるりと囲むように蛇が描かれ中指を噛むように蛇が口を開けている。

「それがどうかしたのか？」

「徒党を組んで都を荒らしているろくでなしの一味が好んで描く模様だ。魔族の血を受けた奴らが多い」

「……一味」

「純血主義の魔族には半端モノは受け入れられない。さりとて神族には魔族嫌いが多いからな。ぐれて道を踏み外して、同じ境遇の者たちでつるむ。よくある話だ。そいつらの生業《なりわい》は殺しと盗み。金を積まれれば、誰でも殺す。黒蛇《ヘイシゥ》と本人たちは名乗っているが」

二郎が振り返ってよく見ろとばかりに腕を押しつけるので祥は渋面になる。

死体の腕などあまり触りたいものではないが、仕方なく受け取ってその切り口の鋭さに妙に感心した。この男は腕がいい。断面があまりにも滑らかだ。

「わざわざこんな奴らを雇って殺されるような心当たりは？」

「心当たりなど」

ない、と言おうとしたが祥は首を横に振った。

以前ならば心当たりなどないと言いきれた。

迦陵頻伽《かりょうびんが》の先代当主の息子といえど、妾腹《しょうふく》。何の権力もなく、崑崙《こんろん》に押し込まれたのはいいが仙術も使えず。多少剣の腕に覚えがある程度。崑崙《こんろん》の雑用係だったのだ。

だが今は分不相応にも王の鳥――新帝の傍《かたわ》らで天聖君という地位にいる。

「なくはない……ないが。しかし、どこから……」

ふん、と二郎は鼻を鳴らし、祥から腕を取り返した。

「食堂で食べているときから妙な視線を感じていたが、気づかなかったか」

「それはまったく……面目ない」

男の絶叫を聞きつけたのか「どうなさいました‼」と宿屋の者が部屋の扉を叩く。

勢いよく入ってきた男は、抜き身の剣を持ったふたりと床に倒れた黒衣の男に目を丸くした。

これは、と祥が説明しようとしたのを二郎が制す。

「わ、我が君、これはいかがなされました？」

「そこの死体はこちらの御仁を狙って現れた。刑吏《けいり》に引き渡せ。そら」

宿の男が投げられた腕を慌てて受け止め、かしこまりましたと丁寧な礼をとった。

衛士に対して取るような態度ではない。

いぶかしむ祥の視線に気づいたのか、はあ、と二郎がため息をついた。

「さすがに人死にが出た部屋で寝るのは嫌だろう。どこかほかの部屋を」

「二郎っ！」

言いかけたとき、叫びながら痩身の若者が二郎の名前を呼んで駆けてきた。

「亮賢《りょうけん》、なんだおまえまで来たのか」

「おまえまで、ではないでしょう。またこんなところで油を売って……！」

痩身の青年は黒い髪に色違いの瞳をしていた。左は髪と同じく黒だが、右の瞳は焔のような鮮やかな赤。焔公と同じ瞳の色だ。

亮賢という青年はいぶかしげに祥に視線をとどめて、ハッと気がついたかのように拱手《きょうしゅ》した。

「……これは、このようなところになぜ御身《おんみ》がおわすのです、てん……」

明らかに天聖君、と呼びそうになった亮賢の口を二郎が塞ぐ。祥は目を白黒させた。

「おまえは黙っていろ。ただでさえややこしそうな話がさらにややこしくなる……！」

「……私が誰か、知っているのか」

二郎が亮賢から手を放し「あーもう！」とガシガシと頭をかいた。

「あんたが誰かは気づくだろう、普通は！　その面でっ！」

言葉を続けようとした二郎は、宿の客がわらわらと集まってきたのを見て小さく舌打ちすると、顎《あご》で祥を促した。

「とりあえず別の部屋を用意してやる」

「おい、待て。貴殿は、何者……」

我が物顔で祥の腕を引いた男は別の階の——どうやら貴賓室《きひんしつ》らしい——に祥を押し込めると問答無用で扉を閉めた。

「とりあえず。寝ろ。明日説明してやる！　明日なっ！」

二郎が言い捨てて出て行く。亮賢が「我が君っ、お待ちを！」と後を追う。

ひとりだだっ広い部屋に残された祥は呆然と扉を見たが、亮賢と二郎は扉の向こうへ行ってしまう。

混乱したままつぶやいた。

「……我が君だと？」

二郎は衛士だと名乗ったが、亮瞖のような身なりのよいものが「我が君」と呼ぶ相手が下級衛士なわけがない。

そして、確実にこちらの正体もばれている……

逃げるべきかと思い扉へ近づくと、いとも簡単にそれは開き、近くには見張りもいない。逃げたければ好きにしろという意図か。それとも雑なだけか。

「わからぬ……」

――明日な、と捨てゼリフを吐いて去っていったのだ。明日、二郎と会ってから考えても、遅くはないかと考え直して祥は横になった。


浅い眠りを繰り返して朝になる。

「起きたか」

前触れもなく二郎が扉を蹴破る勢いで入ってきて祥は眉をひそめた。命の恩人ではあるが、どうにも粗野な男だ。

「扉を開ける前にひと言、断りくらい……」

言いかけて、祥は動きを止めた。

二郎の声をした主がやけにさっぱりとしたなりで目の前にいる。髭《ひげ》を剃り落とした顔は若く、祥と同じか、わずかに年上くらいか。

黒い髪に薄い茶の瞳。瞳は朝の日の光を弾《はじ》いて金色にも見える。袖の長い灰色の長衣をまとって長剣を差し、衛士というよりもどこぞの貴族の公子といった雰囲気だ。

が……どこかで、会った気がする。皇宮か？　と祥はまじまじと二郎を見つめた。

「昨日は名乗らずに失礼した。こちらにも事情があるのでな」

青年は拱手《きょうしゅ》して優雅なしぐさで頭を垂れた。

「貴殿にこんな場所で会うとは思わなかった。煬二郎《ようじろう》と申す」

「煬……」

反芻した祥は次の瞬間、あっ！　と叫んで剣の柄《つか》に手をかけた。

「き、貴様っ」

どうして気づかなかったのか、と祥は己の迂闊《うかつ》さを呪った。

いや、あの夜は桃の酒のせいで意識が朦朧《もうろう》としていたから仕方がない。あのときの息遣いや手の動きを思い出して、祥は青くなり、ついで赤くなった。

無論、羞恥と凄まじい怒りで、だ。

目の前の男は涼しげな顔を一瞬で崩すと、チッと舌打ちして何かを投げてよこした。

――金に紫水晶の耳飾《みみかざり》。

「堂に忘れていたぞ、天聖君」

あの夜……真君にいや、目の前の煬二郎に無体を働かれた際になくしたもの。

「あの夜も思うたが、おまえはずいぶんと迂闊《うかつ》な奴だな」

「殺す!!」

祥は叫んで剣を抜いた。

「ちょっ……！」

二郎が無駄のない動きで、それを避ける。

「逃げるなっ、そこに直れっ！　まっぷたつにしてやるっ……!!」

「無茶を言うなっ！」

振り下ろした剣を二郎は鞘《さや》で受けた。キィンと金属音がする。

「この恩知らずがっ！　一度ならず二度も助けてやったのに、恩を仇《あだ》で返すとは……」

「恩？　……二度だとっ……？」

互いの剣越しににらみ合いつつ祥がうめく。たしかに昨夜は助けられたかもしれないが……二度目？

にやりと煬二郎は笑った。

「今にも死にそうなおまえを、堂で介抱してやっただろうがっ」

「――――っ!!!!!!」

言葉にならない怒りと羞恥で憤死しそうだ。殺すっ！　と息まいたとき。

「そこまでっ!!　何をやっているんですかっ!!　二郎っ!!」

割り込んできた声にふたりして気を取られる。

昨日も会った青年は、色違いの瞳を持つ亮賢という青年は、手に持っていた硯《すずり》を二郎に向かって投げつけた。

「うわっ、危ないな……亮賢、なんのつもりだ」

「こんなせまいところで剣を振り回す馬鹿がいますかっ！　まったく！」

二郎を叱りつける亮賢に、祥はなんとなく毒気を抜かれて剣を下ろした。

たしかに宿屋で刃傷沙汰《にんじょうざた》は大人げない。

それに気がついたのか、どことなく中性的な品のいい青年は祥の前に跪《ひざまず》いた。

「そこにいる粗忽者《そこつもの》が何をしたかは知りませぬが、どうか旦那様もお怒りをお鎮めくださいませ」

「……たしかに、ここではまずかろうな。場所を変えるか」

むう、と祥は口をへの字に曲げた。

「誰が粗忽者《そこつもの》だ？」

二郎は眉を跳ね上げている。

――あの夜のことは腹立たしいし、この男を殺してなかったことにしてしまいたい。

だが、宿で斬り殺すのは目立ちすぎるし、昨夜は命を救われた恩もあるにはある……

チッと舌打ちして剣を鞘《さや》におさめた。

「……今は殺さずにおいてやる」

「この、恩知らずが……。それはこちらの言葉だ」

祥がにらむと、二郎はぐぬぬ、と唸った。

「おやめください、おふたりとも……いい年をした大人が……」

亮賢に指摘されてふたりはそっぽを向いた。

青年は若干呆《あき》れつつも頭を下げる。

「あらためまして。私は煬家の都で家宰《かさい》を務めております、琳明《りんめい》と申します。亮賢とお呼びください」

「青祥だ」

「……失礼ですが……その、なんとお呼びすれば？」

亮賢が祥を気遣うようにたずねる。

まさか街中で天聖君などと呼びかけるわけにはいくまい。

「祥でかまわない」

天聖君の名前など知っているものも少ないだろう、と思ってあっさり言うと亮賢はたじろいだ。

「……お名前を呼ぶわけには……」

亮賢は困ったように二郎を見た。

「本人が頓着しないって言うなら、いいんだろ」

二郎の返しに亮賢は仕方ないか、とうなずく。

「では、祥様。昨夜我が主《あるじ》より命じられまして、お捜しの方が街にいないか情報を集めておりました」

「……それは」

祥がちらりと二郎を見る。

眉間に皺《しわ》を寄せた二郎は椅子を引き寄せてどかっと座ると「話を聞け」と祥を促した。

「貴殿の姉と侍女だというふたりは結論を言えば、いなかった——だが」

二郎は祥を見て、言葉を続ける。

「迦陵頻伽《かりょうびんが》の青年が妹を連れて南門から馬で輝曜《きよう》を出た、と。昨日の昼のことだが。お捜しの方は背が高いか」

祥は額《ひたい》を押さえてため息をついた。

「高いな、女性にしては」

男装した氷華と水玉ならば、迦陵頻伽《かりょうびんが》の兄妹か夫婦に見えるだろう。

「なら、その夫婦がたずね人、という可能性はあるだろう。砂環《さかん》へ行く、と言っていたようだが。たしかあそこは……」

砂環《さかん》は輝曜《きよう》の南西。

十日ほど馬で走った先にある大きくはない街だ。街というより山と言ったほうが正解かもしれない。領土のほぼすべてが岩山。

ヒトより鳥のほうが住むのに向いているような場所だが、祥にはなじみが深い。

「砂環《さかん》は我が迦陵頻伽《かりょうびんが》の一族の領土だ。飛び地だがな。……姉も私も生まれはあそこだ」

氷華の言葉を信じるならば何をしに帰ったのか……

「昨日の昼ならば、まだ追いつくか」

氷華はともかく水玉は馬に慣れてない。そう遠くには行けないだろう。祥は立ち上がった。

「おい、どこへ行く」

「姉を捜しに。世話になったな。この借りはいずれ返す」

「姉、ねえ」

二郎は皮肉な声で言って、足を組み直した。

「先代の天聖君仲紘殿は正嫡の次男。あの方は三男二女の五人兄妹で、異腹の弟君がひとり。それが貴殿だな？」

「だから、なんだ」

じろりとにらんでも男はまったく動じない。

「異腹の弟君は姉君たちとは不仲。貴殿が姉と呼ぶのは従姉の蔡氷華殿。文護兄上……陛下に嫁ぐはずの令嬢か」

祥は空とぼけようとして、やめた。煬家の当主ならばそれくらい知っていて当然だ。

「それで、なぜ追っている？」

「輝曜《きよう》で落ち合うのに失敗しただけだ。あとを追う」

歩き始めた祥をあざけり混じりの声が止める。

「氷華殿は後宮入りが嫌で逃げたか？」

祥は足を止めた。

「……だとしたらどうする？　主上《しゆじよう》に告げ口でも？」

「する、と言えば？」

祥は肩をすくめた。

「好きにせよ」

氷華の不在が──皇帝にいつまでも隠し通せるとは思っていない。

妃《きさき》候補と天聖君が急な病を得たと知ったら、新帝はどういうことか、とどうせ青家にいる間者《かんじや》に探らせるだろうし。

「氷華が何ゆえ輝曜《きよう》を出たかなど貴様に説明するつもりも義理もない。好きな想像をして、好きなように主上《しゆじよう》に告げよ。私は氷華を追うだけだ。外は物騒だから早く安全を確保したい」

最悪、氷華が真に嫌だと言うならば後宮に行かずともよい。……無事であれば。

「世話になったな。不本意だがいつか義理は返す」

きっぱりと言うと二郎は笑い、よいせ、と立ち上がる。

「今、返せよ──。俺も同行して手伝ってやる。逃げた花嫁を捕まえるのはおもしろそうだ」

「は？」

祥が声をあげると二郎はニッと笑い、口元から鋭い犬歯が覗く。横に立たれるとわずかに男の目線が高く、少々腹立たしく思う。

「俺は俺で、迦陵頻伽《かりょうびんが》の花嫁に後宮に嫁いでもらわねばならぬ理由がある。純粋に従姉殿を心配している貴殿には悪いが、首に縄をつけてでも連れ戻すぞ」

「なぜ他家の、信用できるかもわからない人間と行動を共にせねばならぬ」

当然のことながら祥は拒否した。誰が行くものか、連れていけ、と言い合っていると、亮賢が若干呆《あき》れた様子で祥に声をかけてきた。

「お取込み中のところ申し訳ありませぬ……祥様。表にお客人が」

「客？」

「使用人だとおっしゃっているのですが」

亮賢が連れてきた人物に、祥は「あ」と声をあげ慌てて駆け寄った。

「汝秀。いかがした」

白髪の部下は供も連れずにひとりで宿に来たらしい。

「我が君がお困りではないかと。追いかけて参りました」

「私のいる場所がよくわかったな」

「目印をつけておきましたので」

汝秀はこともなげに言い、祥は思わず自分の両手を見た。汝秀は術に長けている。見えない何か印をつけられたのだろうが、あいにく祥はどこにつけられたのかわからない。

「……まあよい。外を歩くときは供をつけよ、といつも言うておるだろうに。義姉上に行く先は告げてきたのか」

「いいえ」

汝秀は首を振った。彼は身体が弱い。それも極端に。道を歩いて死にかけるなんてざらだ。だから外を歩くときは文官か、もしくは誰でもいいから供をつけよ、と玲姫も自分も何度も言うのだが、たまにふらりと出かけることがあった。

汝秀の子どものような細い身体と彼をまるで貴人のように心配する祥の様子に、亮賢と二郎が多少困惑しているが意に介さず、祥は椅子を勧めた。

汝秀は首を横に振り二郎に向かって礼をとった。

「近くでご挨拶するのは初めてかと。煬真君。青家の使用人でございます」

「……どこかで会ったことがあるか」

汝秀はふと懐かしそうな表情を浮かべたが、すぐに無表情に戻る。

「仲紘様がご存命のおり、主上《しゅじょう》と一緒に屋敷においでになったのを、遠くから拝見しました」

「そうか」

二郎の声にはどこか仲紘の死を悼《いた》む色がある。

汝秀は軽く礼をして顔を上げると、感情に乏しく見える表情のまま祥を見た。

「真君と同行なさっているとは思いもしませんでしたが……我が君、たずね人の手がかりはございましたか？」

「それは……、先ほど……」

言いよどむ祥を、二郎と亮賢、それから汝秀が見ている。

「差し出がましいことを申しますが、我が君——祥様。あなた様だけで、あの方を捜すのは無理でしょう。あなた様は山を降りて日が浅い。輝曜《きよう》の地理も、市井《しせい》の決まりごとにもお詳しくない。助力を得ねばなりません」

「……う」

汝秀の言葉を聞いて、祥は返答に窮《きゅう》してしまった。

「おい、身内に物知らずと言われているぞ。やはり俺を連れていけ。山にこもっていた田舎者《いなか》より俺のほうが役に立つ」

耳元でからかわれて、キッと二郎をにらむが、彼は楽しげに見返してきただけだった。

「煬真君」

汝秀が二郎を呼んだ。

「汝秀と言ったか。ここではその名を呼ぶのはやめてくれ。素性が知れると厄介だ」

「では、二郎殿。私は昨夜、夢を見たのです」

「……夢？」

「あなた様と我が君が、氷華様に追いついて何かを話している夢です」

どういうことか、と二郎が説明を求めるように祥を見た。渋々答える。

「……汝秀の異能のひとつだ。夢で少し先の未来を見る」

「へえ……！」

二郎が感嘆し、亮賢は目を丸くした。

未来視の能力はあらゆる神族の異能の中でも珍しい。持つ者は稀《まれ》だ。夢は本人が望んだことを見れるわけではなく、制御できるものではない。

それにしても汝秀の夢はよく当たった。数日以内の悪天候や、急な訪問客が訪れる日時や顔ぶれ、果ては生まれてくる子どもの性別や——身内の急死まで。おそろしいくらいに当たる。

その精度を知るがゆえに祥は眉間に皺《しわ》を寄せつつも、汝秀の言葉を繰り返した。

「二郎と行けば氷華殿に会える、と？」

「おそらく」

「……いや、しかし……我が家の事情に他家の者を関わらせるわけには……」

祥は口を曲げた。

「このご様子ですと、すでに諸々知られてしまったのでしょう、祥様」

「……う」

「でしたら、もはや無駄に隠し立てはせず、深く関わっていただくほうがよいかと。真君は主上のお身内……」

祥は沈黙した。それはそうだが。

「決まりだな」

なぜか楽しげに二郎がつぶやいた。

「迦陵頻伽《かりょうびんが》の女ふたりを捜す。簡単なことだ。俺の助力を得られることに感謝するんだな」

「何を偉そうに……」

眉根を寄せると、二郎の背後で亮賢がため息をついている。

「二郎。少しは仕事をしてから旅立ってくださいよ」

「うるさい。些事はおまえに任せるぞ。こちらのほうが大事だ」

祥は椅子の上でだらしなく座る男をにらむ。朝からにらんでばかりいるので、そろそろ目が疲れてきた。

「興味本位でついてくるのは許してやる。だが、同行するからには役に立て」

祥の言葉に西域の領主は剣呑《けんのん》に目を細めた。

「興味本位ではない。先ほども言ったが、蔡氷華殿の首に縄をつけてでも連れ戻すぞ。俺にはそうせねばならぬ義務がある」

「義務？」

感情が高ぶったのか二郎のわずかに光る瞳に、金が混じる。

「――趙家の毒婦にこれ以上大きな顔をしてもらっては困る」

◆

『氷華の気配を追えるように細工をした』と汝秀は祥に手鏡を託した。

手鏡の上に祥が手をかざすと、輝曜《きよう》から砂環《さかん》までの地図が現れてほのかに小さな点が光る。この点が氷華のいる場所を示しているのだという。

ふたりはどうやら輝曜《きよう》と砂環《さかん》の間の街にいるようだった。

「……私も多少は術を使いますが、このような仕掛けは初めて見ました」

「便利なものだな」

二郎と亮賢が驚愕していたので、祥は己がことのように自慢する。

「汝秀はなんでもできる」

ならば汝秀に同行してもらったほうがいいのでは？　と亮賢が至極もっともな意見を言ったところで、汝秀がふらふらと倒れた。

祥が慌てて青ざめた小柄な部下を抱き上げると汝秀の熱が高いことに気づく。

連れていきたいのはやまやまだが、さまざまな術を使える代償なのか彼は本当に身体が弱いのだ。

「亮賢。悪いが汝秀を少し休ませてやってくれないか。我が屋敷を知っているなら、文宣という者に汝秀を迎えに来るよう伝言してほしい」

「承知いたしました」

「かたじけない」

俺への態度とずいぶん違わないか？　と二郎がぼやいたが無視する。

亮賢と一緒に祥が汝秀を寝所に横たえている間、二郎は手際よく旅の手はずを整えたらしい。宿の外に馬が二頭来た。

目を覚ました汝秀が薄目を開けた。半身を起こそうとするのをそのままでよい、と押しとどめて額《ひたい》の布を替えてやる。

「無事にお戻りなさいませ、祥様。……氷華様もご一緒に」

「案ずるな」

「……仲紘様もいつもそうおっしゃいました。案ずるな。何も悪いことは起こらない、と」

汝秀が目を閉じる。

「……よく休め、汝秀。心配なのはわかるが私を少しは信用してくれ」

目を閉じたままうなずくのを見届けて、祥は二郎と宿を発《た》った。

その日の午後に、二郎が用意した旅券で（丁寧にふたりとも偽名が裏書されていた）難なく南門を出て、馬を小一時間走らせて小さな街につくと、二郎はそこで馬を乗り捨てた。

なぜ、と目を白黒させていると「こちらだ」と小さな商店に引きずり込まれる。

粗末な木綿《もめん》の服に着替えさせられて、背中に流していた髪を文官のようにひとつにまとめられる。

さらに笠をかぶせられて、裏口から人目を忍ぶように追い出された。

店の外に出ると、似たような姿の二郎がいた。

身なりを整えた彼はいかにも貴公子然《きこうしぜん》とした優男だったが、目の前の男は金のないごろつきにしか見えない。

「幻術か？」

首を斜めにかたむけたまま、なかば本気で聞くと、二郎が目を剥いた。

「変装だ、馬鹿がっ！」

怒りの沸点が低い奴だなと祥は口を曲げた。

「……なるほど。変装か。……しかし、着替える必要があるのか……？」

疑問符を浮かべてたずねると、二郎は、はーっとため息をついた。

「次の街まで歩くぞ」

そう言われて、祥は素直に従う。

崑崙《こんろん》にいたころは雑用のほとんどは祥がこなして、出不精《でぶしょう》な師父のために一日中、山を歩き回っていた。歩くのは苦ではない。

おとなしくついてきた祥に、二郎は溜飲を一応は下げたらしい。愚痴《ぐち》愚痴《ぐち》と小言を言われながらの旅の始まりになってしまった。

「なんで変装するか、だと？　危機感が欠落しているというか、能天気というか物知らずというか……ああ、はいはい、全部か。全部だな？」

あまりな物言いに腹は立つが事実なので押し黙る。

「昨夜、自分が殺されそうになったのを忘れていないか？」

蛇の刺青《いれずみ》をした男の腕が脳裏に浮かぶ。

「たまたま私を見つけたのか、あるいは誰かと間違えたという可能性は……ないか？」

「そんなわけがあるか。黒蛇《ヘイシゥ》を雇う金は高い。高いがゆえに殺す対象をよくよく調べる。つまりは、大金を出して天聖君を殺したい者が都にいる。そいつらは顔を隠しもせず、高そうな服を着て堂々と都を出たおまえを見てこう思っただろうな。『殺しやすくて大変結構だ』と」

それで着替えたわけか、と得心する。

「色味を変えたところで、そのおきれいなツラを隠しもせず偽名も使わず、危機感が足りん」

「うっ……。貴様も二郎と名乗っているではないか」

「よくある名前だからいいんだよ、俺は」

祥の言葉をばっさりと切って、二郎は話を続ける。

「……それはともかく。馬で輝曜《きよう》を出たところを見たんだ。奴らは『馬を駆っている貴族の男ふたり』を追うだろう。『徒歩で旅をする平民ふたり』にはあまり注目しないはずだ。いずれ気づかれるかもしれんが、多少の時間稼ぎにはなる」

「なるほど」

「それで？　当代のいわくつきの天聖君。功績もまったくないのに、存命中の甥《おい》を差し置いて天下の宰相になった男を誰が殺したいのか……。俺でも簡単な推測はできるな」

ちらりと二郎は祥を見た。口元は笑顔だが目は少しも笑ってない。

「どんな推測だ？」

「ふたつある」

「聞かせてみろ」

「ひとつは、おまえが仲紘殿の跡を継いだせいで天聖君になれなかった身内の恨み。たとえば伯《はく》儀《ぎ》殿」

青伯儀は仲紘の同腹の弟で、祥の異母兄だ。

「彼は享楽的な阿呆だったが……致命的というほどではなかった。文武に長《た》けているし、仲紘殿が亡くなったあとはあいつが天聖君だ、と俺を含めみなが思っていた。その矢先に伯儀殿が病に倒れた、という報《しら》せがあった。以後はまったく表に出てこぬ。あの目立ちたがりがだぞ！」

「……そうだったな」

伯儀は華やかな容姿の明るい青年で、何事も派手好みだった。

「……もしくは幼いとはいえ、本来ならば跡を継ぐはずだった昂羽殿とその母君、とかな」

二郎は顎《あご》に手を当てた。

「伯儀殿が表に出ぬ以上、次代は昂羽殿か、あの幼さで継ぐのかとみなが予測していたところに、おまえが現れた。――いかにも不自然だろう？」

そう聞かれても祥としては苦笑するしかない。

「答える義理はない、と言いたいが。まあ一応、命の恩人だからな、教えてやる。残念ながらその推測は外れだ」

「ほう？」

促されて祥は前を向いて右手で笠の位置を直す。日の光がまぶしく、目を伏せる。

「伯儀兄上の病は本当のことだ。そもそも仲紘兄上よりも三兄のほうが先に寝ついた」

祥の父と正妃の間には三人の男子がいた。

長兄は先の皇位争いで命を落とし、跡を継いだのが仲紘だ。伯儀は三男になる。

「……そんなに具合が悪いのか」

いぶかしむ口調に、祥は力なく首を横に振った。

「もはや私の顔もわからぬ。己の名も言えぬ。見舞いを断っているのはそれが理由だ」

二郎は言葉を失う。

生きる人形のようになって、日がな一日ぼんやりとしている三兄を思い出し、祥は遠くを見た。

子どもの時分は、自分を嫌ってさまざまないじめを仕掛けてきた兄だが、あの姿を見たあとでは恨む気すら起きない。

「甥《おい》は……」

祥は言いよどんだ。

本来なら二郎が指摘する通りだ。あの賢く優しく幼い昂羽が仲紘の跡を継ぐべきだ。祥が役に立つかはどうかは別にして、補佐についてもいい。

そんなことは仲紘も、玲姫も、おそらく新帝もそう思っていたはずだ。だが……

「……あの子は、身体が弱い」

つきたくもない嘘を舌にのせたせいで声が濁る。

「ほかに直系のめぼしい男は私だけだからな。……だから、本来ならば山で一生を無為《むい》に終えるはずだった妾腹《しょうふく》の四男に、高貴な地位が転がり込んだ。幸運にも」

皮肉な声に、さすがに二郎は決まり悪げに視線を逸らす。

祥が望んだ地位ではない。一度たりとも望んだことなどなかった。己が兄の代わりに死ねたのならば、そのほうがどんなによかったか、と今でも思っている。

だが、口さがないほかの神族はみな祥を指さして責める。

——兄たちの栄光をかすめ取った男。なんと厚かましい、と。

「やむを得ぬ仕儀だ。他家は知らぬが、我が一族のみなは私がこの役に任じられたことに納得している。ゆえに、私を殺そうとする者は一族ではない……私が知る限りは。……とすると、誰だ？予測はもうひとつあるのだろう？」

二郎は決まり悪げな表情をさっと隠して、声を潜めた。

「一族でないと言うなら、簡単だ。趙貴妃。あるいはその父親の趙大司空」

「……ふん」

「驚かないのだな」

道の向こうから官服に身を包んだ馬上の一団とすれ違う。それを道の横に避けてふたりは平民がするように頭を下げた。

馬が遠ざかるのを見て、再び歩き出す。

なるほど粗末な衣服を着て笠をかぶっていれば、じろじろと人に見られることもないのだと気づく。

持って生まれた美貌から、祥はいつも他人から不躾《ぶしつけ》な視線を受けている。それが当たり前だと思っていたが、隠すという方法もあるか、と初めて知った。他人の視線にたしかに己は無頓着であった、とひそかに反省しつつ話を再開する。

「……ありえぬ話ではない。趙皇后が誕生するかと期待していたところに、突如として割り込んだのは我らだ。疎ましいのは理解する」

「初代皇帝の遺言を尊重すると決められたのは、文護兄上だ。趙親子に何か言う権利があるものか。しかし、趙貴妃がもしも皇子を産めば厄介なことになる」

憎々しげにつぶやいた二郎の横顔を見る。

「皇子殿下か」

「そうだとも」

新帝文護は公であった時代に正妃がいた。

彼女は、皇子ふたりと公主を産んで文護との仲もすこぶる良好だった。だが、皇位争いの最中に突如として病を得て、儚くなっている。

皇子はまだ成人ではない。成人までは時間もかかる。

「俺は個人的に趙親子が嫌いなのもあるが、先の正妃には可愛がっていただいた。皇子殿下の御身を危険にさらすようなことは避けたい」

だから趙貴妃の立后には反対ということか。

「それならば、氷華が皇后になっても同じではないのか？　彼女は善良な人だが、己の子が生まれたらどうなるかはわからぬ。私にもな」

二郎は肩をすくめた。

「悪辣とわかりきっている奴らよりはましだろう」

散々な言われようだが、それに反論する気はない。

「皇后候補の娘と天聖君がそろって都の外に出た。俺が趙ならば、一緒に殺して心中だと偽装する」

「……馬鹿な」

「よい口実になるではないか。そんな不祥事を起こしたあとでは主上《しゅじょう》とはいえ、迦陵頻伽《かりょうびんが》の一族から皇后を迎えよう、とはいくまい」

二郎はため息をつく。

「皇子の平穏のために、おまえに死なれたら困るし、氷華殿にも戻ってもらわねば困る」

それがこの男が祥に手を貸す理由らしい。

そうか、と祥は応じてあとは無言で並んで歩いた。


半日ほど歩いて小さな街にたどり着く。二郎はすぐそこにいた母娘連れに道を聞くと宿をさっさと決めてしまった。

「俺は馬を譲り受けてくる。宿でおとなしくしていろ」

「命令をするな」

むくれたが、二郎はかまわずに手の甲でぺしぺしと祥の頬を叩いた。

祥は距離の近さにぎょっとしたのだが、二郎は意に介す様子は微塵《みじん》もない。触れ合い過多な奴め、と祥だけが無駄にどぎまぎしてしまう。

「こんな田舎《いなか》じゃおまえみたいな、いかにも貴族の花々公子《かかこうし》って感じの奴は珍しいんだよ。周囲から浮くからな。——いいか、おとなしくしていろよ？」

子どもに言い聞かせるような口調におまえだって高位貴族ではないか、という抗議の言葉は呑み込む。そして、仕方なく宿で二郎の帰りを待つことにして、部屋の縁から道を行く二郎を見下ろした。

たしかに雑踏の中、彼の姿は平民にまぎれてわからなくなる。輝曜《きよう》の宿で会ったときは、どこかくたびれた衛士に——彼がそう見られたいものに見事に擬態していた。

小汚い衛士を装ったかと思えば、式典での彼はどこからどう見ても貴族の男で西域の雄としての覇気もあった。

どこにでも馴染む器用な男だ。祥とは大違い……

焔公に対しても感じたが、有力な家門でふさわしい教育を受けて育つとああなるのかもしれない。いけ好かない男ではあるが、たしかに物慣れない祥だけでは、輝曜《きよう》を出るのでさえひと苦労だったに違いない。

私よりよほど役に立つな、と祥は自嘲しつつ目を閉じた。

途端に眠気が襲ってきて、つかの間心地よい眠りに誘われる。

次に目を開いたときにはとっくに日が暮れていた。

しかしながら、二郎はまだ戻っていないようだ。

「……降りてみるか」

二郎がいない間に宿の中を見て回り、食事をするくらいは「おとなしくしている」範囲だろうと判断して、祥は階段を降りる。一階の食堂で適当に飯を注文し給仕を受けていると、背後でワッと人垣がわいた。

「ハハッ！　これで私の勝ちだっ！」

「そう思うだろう、甘いねえ、兄さん」

男が五、六人。すごろくをしながら、やんやと声をあげている。

「うるさくしてごめんなさいね、お兄さん」

ぼんやりと眺めていると、妙に艶っぽい若い女が目配せしてきた。黒髪にホオズキの簪《かんざし》がまぶしい。

「常連の人たちよ。ほかに娯楽も少ないもんだから……」

金を賭けて盛り上がっている、らしい。

大華《たいか》では賭博は禁止ではないが、輝曜《きよう》をはじめ皇帝の直轄地では賭場を運営するのに免状がいる。儲けの一割を税として徴収するからだ。

「かまわない。食事はにぎやかな場所でするに限るから」

祥が答えると、給仕の女はうふと笑って隣に座った。上機嫌で酒を注いでくれる。

「給仕はありがたいが、金がない。追加では払えんぞ」

宿の食堂には、たまにこういう派手な服を着た美女が侍《はべ》ることがある。彼女たちが卓につくと、そのぶん金を取られることは祥でも知っていた。

「あら！　冷たいことを言うのね。だけど、ここはそういう店じゃないの！　お兄さんがきれいだから一緒に飲みたいだけよ？」

祥は肩をすくめて、彼女の好きにさせることにした。意外なことに女は料理人なのだという。うまかったと正直に褒めると、うれしそうに身を寄せてくるので困惑する。

氷華と水玉らしき人間がこの街にいなかったか聞くと「この宿には泊まっていないわねえ」と否定された。ふたりは今頃どこにいるのか、とため息をついたとき……

「勝った！　私のひとり勝ちだぞ」

大柄で薄い金色の髪の男が大声をあげる。どうやらすごろくは終わって、札遊《ふだ》びになったらしい。

――浅黒い肌に金色の髪。珍しい風体の男だ。

どこの神族だろうか。

「賑《にぎ》やかだな。ここはいつもそうなのか？」

「あ、彼は常連ではないのよ。十日ほど前にふらっと現れて、ずっとあんなふうにして遊んでいるの」

「ふぅん、賭博《とばく》が強いのか」

「……と思うでしょ？」

女がにまりと笑う。

「はは、甘いなあ。旦那！　そらっ」

札《ふだ》はよく見えないが、状況がひっくり返ったらしい。

男は憐れな声を出して、身ぐるみを剥がされている。下着以外を引き剥がされた男に、周囲はげらげらと笑っている。

「最初は勝つくせに、結局、いつも最後には負けるの。ふふ、ちょっとおかしいよね」

なんとも平和な光景だなと祥はほんの少し笑った。兄弟子が賭博《とばく》好きな人だったので、崑崙《こんろん》でもあんな光景がたまにあった。祥は大抵見守るだけだったが賑《にぎ》やかな雰囲気を少し離れた場所から眺めるのは嫌いではない。

金髪の男が祥に気づいて振り返る。

「そこの兄さん、金を貸してくれないか？」

縋ってくるのを祥は笑って断った。

「博徒《ばくと》に貸す金はない。そもそも、返す当てもないだろう」

「いやいや、ここで私に貸しを作っておくとあとでいいことがあるぞ。百年後くらいに」

いい加減な物言いがおかしくて、祥は銀子《ぎんす》を取り出し、賭博《とばく》をしていた男に投げた。男は左手でそれを受け取ってにまりと笑う。

「衣ぶんくらいにはなるだろう。そこの男に服を返してやってくれ、見苦しくてかなわん――借りは返せよ」

あははと男たちは笑い男に剥いだ服を返してやる、いそいそと服を着た男は再開するぞ！　と声をあげて今度はサイコロを振り始めた。懲りないな、と祥はさすがに呆《あき》れた。

「賭けごとに興味があるのか？」

挨拶もなく声をかけてきたのは二郎だった。

祥にしなだれかかっていた女に愛想よく笑うと、二郎は自分の夕食と酒を注文する。

「見るのは嫌いではないな。山で兄弟子に付き合わされた。まあ、強くはないが」

師父は弟子の放蕩《ほうとう》に呆《あき》れつつも、あまりうるさく言う人ではなかった。そもそも師父のもとに集まった――というか押しつけられた――のは祥も含めて道士の才能がなく、かつ事情があって家に帰ることもないできない者ばかり。

多少の放蕩《ほうとう》は大目に見られていたフシもある。

あまり貨幣を使う場所ではないので、賭けるのは大抵持っている食い物とか、獲物を狩ってくるとか、何かの仕事を肩代わりするとかだった。

懐かしいな、と祥は目を細めた。

「真面目《まじめ》に修行をしろよ、不良道士」

「私に仙術の才はなかったからな」

酒を口に含みながら答えると、二郎に意外そうな顔をされた。

「一族はみな、仙術が得意なのではないのか。汝秀のように」

迦陵頻伽《かりょうびんが》の一族は術を扱う者が多い。その当主とあればどのようなすごい異能を持っているのか、と期待されるのでいつも困る。

「汝秀は例外中の例外だ。私ができるのは髪と目の色を変えることくらいだ」

「……これは幻術だったのか。てっきり染めているのかと」

二郎が珍しそうに髪に触れる。

気安く触るなとぺしっと手を払うと、彼はくつくつと笑った。

「ほかにはないのか？　できること」

「たいして何も……。ううん、鳥の――」

「ああ、鳥を操《あやつ》るとかか！　戦場で役に立ちそうだな？」

わくわく、と目が輝いたので祥は思わず視線を逸らした。

盛大に期待しているのはわかるが……

「いや、鳥の」

「うん」

「……言葉が……わかる……」

二郎は目を丸くして、ぽかんとした。

やけに沈黙が長いので視線を戻すと、顔を押さえてふるふると肩を揺らしている。

「笑いたければ笑え。会話もできるぞ」

「……くっ、あはははっ！　術は関係ないだろう！　それはっ！」

「毎朝小鳥に挨拶されて、心が和む」

しれっと軽口を叩くと、たまらなかったのか二郎は机に突っ伏して腹を抱えて笑っている。笑い転げる顔に酒をかけてやろうか、と思いながら祥はむすっと口を曲げた。

実はもうひとつ、他人の傷を癒せるという術も持っているのだが、これもたいして精度は高くないので黙っていることにした。

「人の不出来を笑うな。嫌な奴だな」

「……すまん、いや意外で。おまえの一族はみな、仙術に長《た》けているのかと」

「偏見だ」

「じゃあ、崑崙《こんろん》で何をしていたんだ」

祥は腰の長剣に触れた。

「崑崙《こんろん》には剣聖がおられる。私はその弟子だ」

「その噂は本当だったのだな。才を見込まれた、と」

剣聖というのは師父のあだ名だ。

そもそもは李自成《りじせい》という。

大昔に存在した人間の国の皇子で、世俗を捨てて剣の道を極め、人の身でありながら天帝に気に入られて昇仙したという変わった経歴の持ち主だ。

——天帝が公《おおやけ》の場から姿を消して、はや千年あまり。李自成は、今は崑崙《こんろん》に庵《いおり》をかまえて悠々自適に暮らしている。

「師父に才能を見込まれたというか……。私やほかにも幾人か仙術の見込みがないような子どもは、仕方なしに師父に押しつけられるんだ」

西王母は、自成を見かけるといつも『ただめし食らい』と罵っていた。『庵《いおり》でごろごろしていないで、家賃ぶん程度は妾《わらわ》のために働け！』と。

それで師父は渋々——その日の食い扶持《ぶち》を稼ぐために——子どもたちに剣術を叩き込んでいた。

彼は彼で『あのくそ婆め、もっといい飯をよこせ』と怒っていたが。

彼らは、数千年来の喧嘩友達なのである。

なんだかんだと言っていても、慈悲深い西王母は、才能がない子どもを無碍《むげ》に親元に追い払うようなことはせず、せめて剣聖のもとで剣士としての技を叩き込ませて——それでも兄弟子のようにそっちの才もまったくない者もいるが——山から降ろしたかったのだろう。

「師父のもとで剣術の修行と、兄弟子が学問好きな人だったので……まあひと通りの教養を叩き込まれたな」

仙術がからきしでも、剣聖に剣術を叩き込まれ、兄弟子から体術と作法や学問を学べば、下界に降りてもなんとか暮らしていける。

「すらすらと俺に手の内を明かしていいのか」

「隠すほどのことではないし、恥じてもいない。迦陵頻伽《かりょうびんが》の中にも術の才能がない者は大勢いる。当主の私がそれを恥じては彼らも萎縮するだろう」

「なるほど。それは馬鹿にした俺が悪かったな、謝ろう。悪かった」

ほれ、と酒を差し出されたので盃《さかずき》を出す。

「ここの支払いはおまえが出せよ、二郎」

「承知した」

明るく笑う。

この人懐こい笑みがくせもの。知り合って間もない人間にべらべらと喋る性質ではないのだが、どうも警戒心が薄れてよくない。

「いい男がふたりに増えてうれしいわ」

美女が再び現れて愛想よく酒を注いでくれる。

接客というより本当に若い男が珍しく一緒に飲みたかっただけだったらしい。意味ありげに上目遣いで誘われたが、女の扱いなど知らぬ自分に美女の相手など荷が重すぎる。

丁重にお断りすると、美女は口を尖らせて今度は二郎にしなだれかかった。

いかにも女に不自由しなさそうな男は愛想よく酒を受けながら、いろいろと街の話を聞き出してふんふんと耳をかたむけている。

次第に女は酒が回って身の上を語り出す。

生活が苦しいとか、宿屋の女は嫌だとかそういう話だ。ここの店は店主も客層も悪くはないが、やはり誰かと所帯を持って小さな食堂をやりたい、となんだか泣き上戸《じょうご》になってきたので祥は苦笑いしながら慰めてやる。

「店の料理ぃ私が作っているんですよぉ」

「それはたいしたものだ。なかなか美味い」

それは先ほども聞いたと思いながらも、祥が本心から褒めてやると美女はへにゃり、と笑った。

「ほんとぉ？」

「私は世辞を言わぬ」

えへへと美女は笑った。

「戦でね、死んじゃったけど……お母さんが作ってくれた料理ばっかりなんですよぉ……あたしもあんなお店を持ちたいの……」

泣きながら笑うのが切なくて、祥はもたれかけてくる頭をよしよしと撫でてやった。

「店を始めたら食べに来るよ」

「約束ですよ！　旦那。そんな罪作りなこと言って、食べに来てくれなかったら、呪ってやるんだから……！　顔のいい男は嘘ばっかりつくから嫌いなの……」

女の盃《さかずき》が空《から》になるたびに注いでやり、女がふらふらになって机に突っ伏すと二郎は苦笑して、宿の主人を呼ぶと金を渡す。

「飲ませすぎたようだ、自室で休ませてやってくれ」

「これは旦那、ありがたいことで」

「俺は明日の昼過ぎまでいるからな。泥酔した女の部屋に、ほかの客をいれるような無粋《ぶすい》はするなよ」

「ご安心を、惚れっぽい娘ですけど、ここはそういう店じゃありませんよ」

店の親父が抱えるのを手伝ってやって席に戻ると二郎が盃《さかずき》を煽りつつ、目だけで笑った。

「優しいことで」

祥が冷やかすと二郎は笑って杯を重ねる。

「……家族が、父親が先の戦で亡くなったらしいからな。俺の麾下《きか》だったのかもしれんし。もしくは俺が殺したのかもしれん……」

しみじみと言うので祥は二郎の盃《さかずき》に酒を注いでやった。

なんとなく沈黙が落ちる。

皇位争いは十年続いた。

神族にとってはあっという間の年月でも人間にとっては長い。幸せに暮らしていた人々の生活がいくつもいくつも壊れただろう。

戦が治まってようやく十年。それでもすべての民が立ち直るには短い。

「文護兄上の政《まつりごと》の手腕を疑いはしない。だが、不安要素は取り除きたい。だから、趙家の親子が今以上に力をつけては困るのだ。皇位が揺らいでは困る。争いが再び起きても困る。国を巻き込んだ跡目争いなど二度とあってはならぬ。明日からは馬で氷華殿を追いかけるぞ」

そうだな、と祥はうなずく。美女が消えた扉を見ながら、二郎は目を細めた。

「後宮は暗くせまい場所だ。閉じ込められるのはかわいそうだが、一度後宮入りを承諾した以上、逃げてもらっては困る」

祥の脳裏に氷華の笑顔がちらつく。

彼女がどうして嫁ぐ前に無断で家を抜け出して砂環《さかん》に向かうなどという暴挙に出たのか、祥にはわからない。真実、皇帝に嫁ぐのが嫌になったのならば、従姉を逃がしてやりたい気持ちがないというのは嘘だ。

だがそうなれば、と祥は目を伏せた。

趙貴妃が皇后になるのは時間の問題。笑顔の裏に悪意を隠した趙大司空が外戚として権力をふるうやもしれぬ……

もはや身内だけのことではないのだ、と今さらながら痛感する。

『ゆるせ、ゆるせ、祥』

脳裏に声が響く。死ぬ間際まで仲紘は祥に謝り続けていた。

おまえが天聖君などという地位を望んでいないのは知っている、つらいだけだろうとわかっている。だがおまえに託すほかないのだ——と苦しい息の下で何度も何度も謝った。

『一族を、妻を、子を——頼む。そして主上《しゅじょう》をお守りせよ……』

兄は皇帝の友だった。

臣下として彼を支えることが生き甲斐だった。だが、それを果たせずにむごい死に方をした。枯れ木のようになってしまった身体と、それに縋って悲嘆にくれる玲姫の姿が目に浮かぶ。

仲紘に生涯の忠誠を誓っていた汝秀は、兄が死んだ翌日にでも殉死したかったはずだ。けれど兄の遺言でそれを禁じられ、玲姫と祥に泣いて止められ、不本意だろうに祥に仕えてくれている。

いや、祥にではない。天聖君に、だ。

——兄があのような死に方をしたのも本《もと》をただせば祥が生まれたせいだ……

——罪を背負って生まれたのだから、あがなわずに責務を放り出すことは許されぬ。

責める声は自分か。それとも一族の老爺がひそかに話していた言葉を聞いたのだろうか。

「そうだな」

祥は苦い思いでつぶやいた。個人の想いはどうあろうとも、引き受けたからにはもう後戻りはできないのだ。己も、そして氷華も。

部屋に戻ってぐっすりと休み、朝方、宿を出ようとすると昨夜の美女が別れを言いにやってきた。

化粧気のない顔は案外幼くて可憐だった。

「酔い潰すなんてひどいですよ！」

「はは、酔わせて誘惑しようとしたのはそっちだろう。俺のように親切な男ばかりではないからな、無茶な飲み方はするなよ」

美女はむくれたが、はぁいと小さく返事をして昼に食べてくれと祥と二郎に軽食をくれた。

「これはありがたい。昨日の飯はうまかったし、これも大事に食べる。お代はいくらだ？」

祥が微笑むと、女はきゃっと悲鳴をあげて口元に手を当てた。

「もう！　そのきれいな顔で微笑まれたらお代なんかいりませんよ。でも、またこの街に寄ってくださいね。そのときはお店を始めているんだから」

わかった、と微笑むと女はさらに照れた。それから思い出したように言う。

「あっ、旦那。昨日私に聞いたでしょう、女ふたりがこの街に来なかったか。って」

「言ったな」

「きれいな女の人と、お付きのお嬢さん。私は見ていないんだけど、同じことを聞いてきた人がいたのを思い出したの。偶然か、旦那たちのお仲間なのかはわからないけど……」

「……それを聞いたのは、どんな者だった？」

「あんまり品のいい奴らじゃなかったわ」

女は顔をしかめた。

「黒ずくめで人相が悪くて。そうそう、着替えるときにちらりと見えたんだけど、みなそろって右手に蛇の刺青《いれずみ》をしていて……」
蛇の刺青《いれずみ》を右手にしている黒ずくめ。
――祥を襲った連中と同じだろう。黒蛇《ヘイシゥ》――
二郎と祥は思わず顔を見合わせた。

祥が輝曜《きよう》を出たことが知られたのか。それとも氷華が輝曜《きよう》を出たことが露見したのか。

——黒蛇《ヘイシウ》が氷華を追いかけている可能性は高そうだ。

祥と二郎は日が暮れるまで次の街へ馬で駆けた。

輝曜《きよう》から馬で二日も離れると、そこはもう街というよりも村に近い。

囲む塀はなく、申し訳程度に木の柵があるばかり。村に入る人間を監視するための関所も老人が居眠りをしながら見張っていた。

住民のほとんどは農民らしい。あちこち稲穂が実って、夕暮れにきらきらと光っている。村の中心に村長が住むという堂があり、その隣に申し訳程度の宿屋といくつかの商店がある。

宿に着くと汝秀がくれた手鏡を覗き込んだ。青い光は淡く点滅していて、砂環《さかん》のすぐそばの街まで行ったようである。

鏡で汝秀を呼び出すと、表情に乏しい男は祥にはそれとわかる深刻な顔で言った。

——氷華様がお亡くなりになればその光は消えてしまうでしょう。光っている限りはご安心なさってください。

「汝秀、蔡若瑛《じゃくえい》に秘密裏に連絡してくれ」

若瑛《じゃくえい》は氷華の弟、つまりは祥の従兄《いとこ》だ。

「氷華が戻ってきたら事情を聞かずに一も二もなく保護してくれと。危険があるかもしれないから、と。私もすぐに向かうと、くれぐれも言い添えてくれ。義姉上と一緒に」

「かしこまりました」

後宮に嫁ぐ寸前の姉が戻ってきたと知ったら生真面目《きまじめ》な若瑛《じゃくえい》は卒倒するかもしれないし、氷華を叩き出すかもしれない。故郷から締め出された氷華が襲われたらと思うとぞっとした。

若瑛《じゃくえい》は昔から玲姫を慕っていたので、おそらく彼女が頼めば断るまいと信じてひとまず胸を撫でおろす。

便利だな、と手鏡を覗き込んでいた二郎は祥にたずねた。

「迦陵頻伽《かりょうびんが》の一族で、氷華殿が屋敷から消えたことを外部へ漏らすような者はいるか」

「いないと思いたいな。我が一族は閉鎖的で屋敷の使用人も古くから仕える者ばかり。使用人に至るまで一族しかおらぬし……。結束は固い」

「使用人までか？」

「ああ。迦陵頻伽《かりょうびんが》の血は弱い。ほかの神族と交われば我らの特性はすべて喪《うしな》われる。だからよそ者を厭《いと》うし、まぎれ込むのは難しい」

薄い金の髪はともかく、銀の髪は他種族にはない色だろう。それに加えて、白い肌と薄い色の瞳、ほっそりとした美貌とくれば、ほぼ迦陵頻伽《かりょうびんが》だ。

　変化の異能を持つ神族がいたとしても、潜入はまず難しいだろう。

「一族の誰かが氷華のことを漏らしたとは思いたくないが……」

　皇帝に情報を伝えている者はいるだろう、と思う。それについては玲姫も祥も当たりをつけていて黙認している。

「今は犯人捜しより、氷華の身を守ることが一番だ」

　一刻も早く追いつきたいが、夜道を馬で行くのは危険だ。仕方なく村の宿で仮眠を取り、早朝日の出と共に馬を走らせることにする。

「黒蛇《ヘイシゥ》の連中が私と氷華の殺しを請け負っていたとして、……依頼人の倍以上の金を払えばこちら側に寝返ってくれないものか」

　愚痴《ぐち》ると、窓辺に行儀悪く腰かけた二郎は村を眺めながら断じた。

「それは無理だな。黒蛇《ヘイシゥ》は一度受けた依頼は、いくら金を積まれても中止することはない。例外はふたつ。首魁《しゅかい》の判断か、もしくは依頼主が撤回するか、だ。ああ、依頼人が死んだときも依頼は消える」

「……刺青《いれずみ》のときも思ったが、やけに黒蛇《ヘイシゥ》のことに詳しいな」

　二郎はにやりと口の端を上げた。

「俺は数か月黒蛇《ヘイシゥ》にいたことがあるからな」

なっ……と祥がぎょっとして腰を浮かせると、二郎はくすりと笑った。

「まだ家を継ぐ前に、文護兄上に請われて潜入したことがある。あいつらが兄上の領地で暴れた時期があって、追い出すためにな。……俺は半分、魔族だから」

「ああ、そうだったな」

祥は胸を撫でおろした。

「数か月いただけだから首魁《しゅかい》の情報まではつかめないままだったが……くそな組織の割には義理堅い。受けた依頼は余人に漏らさぬ、刑吏《けいり》に捕まれば自死する、そして依頼人以外にいくら金を積まれても寝返ったりはしない」

二郎は続ける。

「まあころころと立場を変えるような奴らに殺しの依頼はできぬということだろう。信用が第一、だ。厄介な奴らに好かれたな」

祥は渋面になった。

「私も氷華も死ぬまで狙われるではないか！」

「そうでもない」

二郎は軽い口調で訂正する。肩をすくめた。

「言った通り。依頼人が依頼を取り下げるか、依頼人が死ねばいいのだから」

「趙貴妃が依頼人だったと仮定して、取り下げてくれると思うか？」

「いいや？　ならば殺せばいい、と言いたいのだが、俺は……」

さらりとおそろしいことを言う。

「相手は貴妃だぞ……証拠もないのに、そのようなことができるか」

「おまえのほうが位は上だ。何、殺してみればいい。追手がいなくなれば当たりだ。まあ依頼したのは父親のほうかもしれんが」

祥は眉間に皺《しわ》を寄せた。

「それが宮廷の流儀だとしたら、私は慣れぬ。甘いと言われても、確証がないことで殺しなどできるわけがない」

「本当に甘い」

二郎の口調はどこか楽しげだ。

「魔族の血を引く者は考えまで悪辣だ、とは言わないのだな？」

祥は首をかしげた。何を言いたいのかわからない。

二郎は窓際から離れると祥と向かい合って座った。

「大抵の神族は——これは迦陵頻伽《かりょうびんが》だとて例外ではないぞ——魔族を嫌っている。俺のような魔族混じりもな。隠しているわけではないが、母は魔族だ。たまに魔族と同じく瞳が金色に見えるらしい。だが、天聖君におかれましては抵抗がないようで？」

冗談めかして言われたので、ああそんなことか、と祥は相槌を打った。

「崑崙《こんろん》には魔族も大勢いるからな。おまえの血筋をさほど珍しいとは思わぬ。私が公平なのではなく、慣れの問題だ。そして安心するがいい煬二郎。貴殿が悪辣なのは血のせいではなく、単に貴殿の性格が悪いだけだ。安易に生まれのせいにせず、反省せよ」

祥としては大真面目《まじめ》に忠告したのだが、二郎はくっくっく、と肩を揺らして笑っている。

山暮らしで多少……いや、かなり周囲と価値観がずれているのは認識しているが、こうもおもしろがられるのは腹が立つ。

「真面目《まじめ》に言うておるのに。笑う奴があるか」

「ははは、真面目《まじめ》に言うから、おかしいのだ。……おまえはいい奴だな、祥」

しみじみと言われたので何やら感情の収まりが悪い。

しかも、名前で呼ばれたのは初めてではないか、と祥は密かに目を白黒させた。なんだか友人でもできたような心地だ。

……そのせいで、つい余計な言葉が口から転がり落ちた。

「私をいい奴だと思うのならば、宮廷での件を謝罪しろ。今なら許してやる」

「うん？　試合を申し込んだことか？　あれはまだ勝負がついていないからなあ」

空とぼけたので、手近にあった枕を投げつける。

「乱暴だな！」

「不埒《ふらち》な真似をしたことを悔いろと言うておるのだ、痴《し》れ者め」

二郎はくるりと枕を片手で回すと祥に投げ返してきた。

「嫌だね。なんなら最後まで犯しておけばよかったな？」

「おか――」

祥は青くなって後退り、手に戻った枕を再び投げつけた。

二郎は難なく受けて今度は自分で枕を持ってくる。

「ほらよ」

そう言って寝台の隣に座ると、祥の胸に枕を押しつけて、あろうことかそのまま押し倒した。

覗き込まれて慌てふためく祥の耳元に、やけに甘い声を落とされる。

「おまえ、男も女も知らんだろう」

「……何を根拠にっ……」

「男に触れられたことがないのは、まあ、あのときに――」

くい、と顎《あご》をつかまれ鼻先に誘うように唇が近づく。びくりと首をすくめると大きな手のひらが首筋に触れる。脈打つ血管にそって撫でられた。

「慣れていないのはわかるからな。――女に慣れた男にしては、宿屋の女に警戒も、いなしもしない……あれだけあからさまに誘われて嫌なら普通は跳ねのけるだろう」

ぐうの音も出ない祥が押し黙ると、二郎は実に楽しそうに目を細めて祥の顔を手で包んで唇をさっと盗む。

抗議しようと口を開いた隙に角度を変えて深く口づけられて、んむ、と色気のない声をあげてしまう。やめ、という声は喰われるようにして相手の口腔にとけていく。ぬるりとした舌が忍び込んで、固まる祥の意思などおかまいなしに、翻弄《ほんろう》していく。

「……ん、ふ……う……や……」

いやだよせ、と声をあげようとするのを阻むように乱暴に執拗《しつよう》に口内が侵される。

舌同士が触れると痺れて甘いのだと、粘膜を丹念になぞられるとひどく心地がいいのだと知ってしまって、グラグラと視界が揺れる。

「……くるし……い」

抗議するように背中を叩くと、ようやく二郎が口を離した。離れた口が、あの夜を思い起こすような仕草《しぐさ》で耳をはむ、と噛んでさすがに祥は飛び起きた。

「この——不埒者《ふらちもの》がっ……」

「あはは」

羞恥で震えながら蹴りつけると、明るい目の色をした若者は反省などまるで浮かんでいない顔をして笑った。

「経験のない人間に無体をして悪かったよ。——そうと知っていたら優しくしたのに。今みたいに」

「……なっ」

口をぱくぱくとしていると楽しげに二郎は祥の手を取ってべろりと舐めた。慌てて祥は手を振り払う。

「悪くはなかったろう？」

――先ほどまでの濃厚な口づけを思い出して祥は顔を赤くしてうめいた。

「……最悪な言い草だな！　どうせ私はおもしろみも経験もないとも！」

思いきり蹴りつけて白状すれば笑った顔のまま二郎は床に転げ落ちた。げらげらと笑う二郎からは先ほどまでの艶やかさが消えていて、祥は肩から力を抜く。

「……人の未熟さを馬鹿にして、からかうのはよせ」

「おまえの反応見たさにからかってはいるが、馬鹿にしてはいないぞ。別に必ずしも誰かと寝ないといけないものでもないだろう――だが、初寝の相手はどうせなら俺にしておけ」

「……なぜだ。……絶対に嫌だ」

祥が鼻に皺《しわ》を寄せるとおもしろがって二郎は指で祥の鼻をつついた。

「そうきっぱり断るなよ、傷つくな」

「戯言《ざれごと》を」

「なぜって？　そりゃあ、俺が――そういうことが上手だからだよ。楽しいし気持ちいいぜ？

知りたいことを教えてやる」

剣術を教えてやるとでも言わんばかりの気軽さに毒気を抜かれた。

——男でも女でもそういう行為に忌避感がある祥とはもともとの価値観が違いすぎるのだろう。怒るだけ無駄だなと理解して、鼻に触れた無礼極まりない手をぺしっと払う。

「結構だ。知りたいことはない」

「知っておいて損はないぞ。何事も、気持ちいいほうがいいだろう？」

「——遊びたいならばほかを当たれ。今からでも若い娘か暇そうな男を誘ってこい。どうせ私は顔がいいだけの素人《しろうと》だからな。おまえのほうは気持ちよくはならんだろうよ」

「なんだ、拗ねたのか」

武骨な指が楽しげに祥の髪に触れる。ぐしゃぐしゃと髪を乱されて煩《わずら》わしいのが半分だが、確かに心地がよい。

目を閉じて指の動きを享受していると、興が乗ったのか髪をひと房つかんで口づけている。やめろとうめくように言うと「減らないからいいだろう」と言ってのける。遊び慣れた奴だ、とつくづく忌々しく思いつつ、目を開く。

「……私に構わずとも、どうせ相手には困ってないだろう」

「困ってはいないが」

あっさりうなずくので否定しろよ、と思わず指摘しそうになるのを堪える。

「……出自のことをよいにしろ悪いにしろまったく気にしない奴は久々だ。——寝るならそういう相手のほうがいい」

この言葉には少しばかり心が動いた。

甘えるような声音に祥は目をゆっくりと開け、人畜無害そうな、いかにも人のよさげな笑顔を見つめる。

——人たらしめ、と頭の中で毒づく。

誰にでもこういう表情で笑いかけて距離を詰めるのだろうか。と疑問に思い、おそらくそうだ、と結論づけた。

それが腹立たしいのは——人付き合いに難があるという自覚がある自分が——この短い時間に多少なりともこの男に絆《ほだ》されかけているからだ。

祥は半身を起こすと無言で二郎の額《ひたい》に指を突きつけた。

「いっ……」

二郎は大げさに肩を震わせた。

——神族には額《ひたい》に第三の目があると言われている。

天帝の額《ひたい》には龍眼《りゅうがん》という第三の目がある。——すべての力の源《みなもと》がその目に宿っているといわれ、天帝の子孫である皇族の多くは同じように額《ひたい》に目を抱いていた。

かつてはこの国を治める皇帝になる条件が「龍眼《りゅうがん》を持つこと」だった時代もあるほどだ——神族は龍眼《りゅうがん》を持たないにしても同じ場所で己の術を操作するから、触れられるのを誰もが嫌がる。

例に漏れず二郎も一瞬たじろいだ。

わかっていて敢えて触れるのは、子どもじみた嫌がらせだ。

「……人を喜ばせる言葉をよく知っていることだ！　――あいにく、私は簡単に絆《ほだ》されぬぞ。そういう言葉を幾人に言ってきたのだ？」

「さあ？　百人くらいか」

「素直に白状すればいいというものではない！」

「冗談だよ。真に受けるな」

「――まったく……」

祥が呆《あき》れると、くっくっと二郎はまだ笑っている。

「おまえと寝てみたいのは本当だがな。――試す気はないか」

「――ごめんだな。荷が重い」

額《ひたい》から指を放すと、祥はもう一度二郎を寝台から突き落とした。

「剣でやり合おうと言ったり、寝ようと誘ったりいい加減な奴だ」

「俺の中ではどっちも同じくらい楽しいことだが。……油断したとはいえ、一本取られたのは久々だったから。なかなか俺と互角に闘《や》り合える相手は少ない」

「それではそちらで我慢するんだな」

「――では、三本目の決着はちゃんとつけるということでよいのだな？」

「なっ」

二郎はいたずらめいた表情を浮かべた。

「言質《げんち》を取ったぞ」

最初からそっちが目的か、と祥は苦笑した。

「無事に氷華を救ったあとならばな」

しっしっと追い払う仕草《しぐさ》をすると聞き分けよく二郎は自分の寝台に潜って寝っ転がった。多少警戒した祥の隣で、すやすやとあっという間に寝息を立てるので、祥は途端に馬鹿馬鹿しくなった。からかうのも、いい加減にしてほしい。短くはない今までの人生において、あまり他人と深く触れ合ったことがないのだ。冗談にどう対応すれば正解なのか、皆目見当がつかない。

祥も身体を寝台に投げた。

いつの間にか睡魔が襲ってきて、夢がゆるやかに帳《とばり》を下ろす……

◆

(祥、祥。泣くではない。何がそんなに悲しい?)

夢の中で懐かしい声が己の名を呼ぶ。

祥は泣いている小さな自分と、それを慰める少年を薄暗い闇の中でぼんやりと眺めていた。

夢だ、とはっきり認識できているのは、亡くなったはずの仲紘がいるからだ。夢でさえ兄の死は覆《くつがえ》しようもない事実なのだと思い知って胸がキリキリと痛む。

まだ十五かそこらに見える兄は優しい手つきで泣きじゃくる祥を撫でている。誰よりも美しく優しい兄は泣き止まない弟に困ったように笑いかけ、抱き上げてくれた。

(伯儀にまた何か言われたのか)

(……っく……)

その通りだった。三兄は祥をいつも虐める。妾《めかけ》の子、要らない子、無能だと罵って……

(何を言われたとしてもおまえは悪くないんだよ、弟よ)

(でも、三兄が……唯月《ゆいげつ》お母様が悲しむのは、我のせいだと……我と……我の母君のせいだと……)

仲紘は先々代の天聖君とその正妃唯月の子として生まれた。夫妻は仲睦まじく三男二女を設けて、先々代は――父は――側室を置くこともせず、誰もがうらやむ仲のよい家族だった。

砂環《さかん》で、父がひとりの娘に出会うまでは。

美しいその娘は、たいそう舞と歌が巧《うま》かったのだという。砂環《さかん》は天聖君の飛び地の領土。肥沃な地ではない。

領主の一族は珍しく訪問してきた天聖君に喜んで、総出でもてなし、まだ少女の年代だったその娘も、心を込めて舞い主君をもてなした。

父は美しい少女をたいそう気に入って、有無を言わせず自分の妾《めかけ》にした。

——おまえの母親が美しかったのがいけない。

——媚びを売って、あの生真面目《きまじめ》な方をたぶらかして。夫婦の仲を裂いて。

——砂環《さかん》の領主は初めから娘を売るつもりだったろう。いくらで売ったのか！

——かわいそうなお嬢様。せめて、おまえを身籠《みご》もらなければ。

——私の愛しい姫。……なぜこんなむごいことに。


幼い時分に幾度も繰り返された呪詛《じゅそ》を思い出して祥は目を伏せた。

あらゆる方角から、あらゆる立場から目の前にいる幼い子ども——己がたびたび浴びせられた言葉だ。

先々代の天聖君は正妃のことなど忘れたように娘に耽溺《たんでき》した。存在を隠し、別邸に囲って祥を産ませた。

しかし祥が邪魔だからと、息子はひとり砂環《さかん》に送られ蔡一族の子として育った。

母が夭折《ようせつ》すると、祥は父のもとに仕方なしに引き取られ、父からは無関心を、唯月からは凄まじい憎悪を受けて生きていくことになる。

理不尽ではあったが、確かに絵に描いたような幸せな家族を壊したのは、母と祥の存在だ。

長兄と三兄は祥を嫌いぬいたし、異母姉たちも眉をひそめた。唯月からは何度殺されそうになったかわからない。

唯月は美しく、華やかな人だった。同時に家の中にあっては公平な女主でもあった。ただ、祥に向ける感情だけがおそろしい。

(おまえに何も罪はないのだ。すべて、父上が悪い。母上だって、おまえにつらく当たることは許されぬ……どんなにつらくても)

仲紘と玲姫だけがあの家で祥に優しくしてくれた。

母の死後、屋敷で軟禁状態になりそうだった祥をおもんぱかって、長兄と母を粘り強く説得して崑崙《こんろん》に送ってくれたのも仲紘だった。

たまに里帰りが許されると、忙しいだろうに時間を作って共に砂環《さかん》に帰ってくれた。

(私はいつか、兄上の力になりたいのです。たいして役には立ちませぬが)

そう言うと、笑って頭を撫でてくれた。

(おまえは自分の心配をしておればよい。家に縛られる必要などないよ)

美しく、優しく、文武に優れ、新帝の信任も厚く、子にも恵まれて。

誰もが彼の輝かしい未来を疑わなかったはずだ。それなのに……

夢の中、子どもだった祥が消える。

成人した仲紘が疲れた顔で椅子にかけていた。

あれはいつのころだったか。新帝が即位したころか。祥は兄に呼ばれて屋敷へ足をのばした。

喋りが達者になった姪を抱きしめて、歩き始めた甥《おい》を肩車して遊んでやり、疲れたふたりを寝かしつけて。

兄の幸せな暮らしに触れて、ほんのりと温かい気持ちで兄の書斎に行ったときに言われた。

（祥。私はそう遠くないうちに死ぬ、伯儀もだ。私は、おまえにこの地位を譲りたい……）

なぜだ、嘘だ、そんなことはない！　と兄を励ましたいのに言葉が出てこない。

見上げた兄の顔から生気が失われていく。美しかった顔は土気色になり、ぼろぼろと皮膚が、肉が削《そ》げていく。

むき出しになった骨に腕をつかまれて祥は痛みに顔を歪めた。

（なぜか？　だと。おまえのせいに決まっている。おまえが生まれたせいで、おまえのせいで、私は――）

声は兄ではなかった。男ですらなかった。女の悲痛な叫び声だった。

骸骨《がいこつ》は泣いていた。泣きながら祥を詰《なじ》っている。骨の上に残像が覆いかぶさる。

美しく、凄艶《せいえん》な青。誰よりも気高いと、美貌と品位を称賛された女性が、髪を振り乱して祥を害さんと手を伸ばす。

（誰も殺したくなどなかったのに！　呪いなどかけたくなかったのに！　おまえのせいであの方は私を見限った！　おまえの……せいで。……私は、正しいまま、生きていたかったのに……！　……誰かを不幸にすることなど、決して望んでなどいなかったのに）

女はすすり泣きながら消えていく。

◆

「唯月様……」

つぶやいたところで、目が覚めた。

じとり、と寝汗をかいているのに気づいて半身を起こす。

窓の外は暗く、まだ夜半のようだ。隣を見れば二郎がすやすやと間抜け面で眠っていることに安堵しつつ、祥は窓際に腰かけてため息をついた。

このところ頻繁《ひんぱん》に昔の夢を見る。罪悪感からなのか。もしくは警告か。

『……息子と妻を頼む。一族を……どうか……』

兄上、とつぶやいたところで祥は柱の陰に身を潜めた。

「……!?」

暗闇で、月のかすかな光を何かが弾《はじ》く。

――刃物か？

しかも、ひとつではない。祥は音もなく動いて己の長剣を握った。

「外に何かいたか」

のほほんとした声が背後からかかる。気配すらしなかったのに、と驚くと欠伸《あくび》をしながら二郎が起き上がっていた。呑気《のんき》に背伸びをしている。

「……いや。何かが光ったように見えたが、私が過敏になっていたのやもしれぬ。起こしたなら悪かったな。うるさかったたか」

外に目をやると、不自然な光は消えている。

「物音ではなく、おまえの殺気で目が覚めた」

気配をまったく変化させずに起きた二郎に言われてふむ、と祥は口を曲げた。

「気配をできるだけ殺すんだな。でなければ、ああいう輩《やから》からあっさり殺されるぞ」

「二郎、おまえは、気配を殺すのがうまいな」

「戦場にいたもので。気取《けど》られれば死ぬこともある」

そうか、と祥は窓の外から視線を外した。

「気をつけよう」

神妙にうなずくと、二郎はなぜか嫌そうにはーっとため息をついた。

「何か？」

「いや、今のは嫌味なんだからそこは反論しろよ」

「私が先の皇位争いに参戦しなかったのは事実だ。反論しようがない」

生真面目《きまじめ》な答えに、髪の毛をガシガシとかきながら二郎はうめいた。

「無礼ついでに聞くが、それだけの腕がありながら、どうして戦に参戦しなかった？　おまえがそばにいれば仲紘殿も心強かっただろうに」

もっともな疑問ではある。青家の正嫡である三人の男兄弟は、みな陣営は違えど参戦したし、祥だけが逃げたと陰口が叩かれているが、実際……事実ではある。

「私はなかば家から勘当《かんどう》された身だったからな」

崑崙《こんろん》に入山したときに祥は書をしたためて、青家の遺産にかかわる一切を放棄していた。

「あの当時の立場としては私は剣聖の弟子、崑崙《こんろん》の者だった。崑崙《こんろん》は下界に対して常に中立だ。だから戦下に帰山は許されなかったし……」

祥が新帝側につけば、崑崙《こんろん》が加勢したと見られかねない。

「……何より、兄上が望まなかった」

ふうん、と足を組んだ二郎は拗ねたように口を尖らせた。

「それを、言えばいいのに。……臆病者とそしられるぞ」

「好きにそしればいい。……弁解したところで事実は動かぬ」

キッパリと言った祥をじっと見ると、不器用な奴、とため息をひとつつく。そしてすぐに身支度を始めた。

「……どうした？」

「どうせ見張られてるだろうが、夜明けと共に宿を出るぞ。準備しておけ」

「わかった、が……どうせなら夜にまぎれたほうがいいのでは？」

「俺は夜目が利《き》く。魔族の目は夜に強いからな。当然、黒蛇《ヘイシゥ》の奴らもそうだな。おまえは？」

「陽の光がなくては無理だろうな」

祥は肩をすくめた。二郎が馬は捨てていくぞ、というので驚く。

「部屋が見張られているなら、当然馬小屋もそうだろう。宿にこうも早くたどり着かれるとは思わなんだったが……」

宿の金は前払いだし馬を置いていけばありがたがられるさ、ということで、鶏が鳴くと共に祥は二郎と宿の裏口から抜け出した。

村の裏手、雑木林《ぞうきばやし》のほうへ身を隠して駆けていく。二郎の足は速いが、祥とて岩山だらけの崑崙《こんろん》を駆け巡っていたのでついていくのに苦労はない。

撒いたか？　と祥が安心したところで、背後からヒュッと風を切る音が聞こえてきた。

「……っ！」

身を翻《ひるがえ》して避けると半瞬前まで己がいた場所に暗器が突き刺さっている。祥を背にして二郎はあたりをぐるりと見回した。

「五人だな。おい、祥、おまえはふたりでいいぞ。俺が三人仕留めてやる」

せせら笑いながら二郎が得物をすらりと抜いた。凶悪な表情に祥は眉根を寄せた。やはりこいつが真君というのは嘘で、山賊の頭目なのでは？　と馬鹿な考えがちらりと頭を過《よぎ》る。

「生け捕りにするか？」

「やめておけ。どうせ自害するだろうし……いや、ひとりは生かしておけ。足は無事にして、な」

話し合うふたりとは対照的に、五人の刺客は無言で襲いかかる。

ひとりが斬りかかってきて、ひとりは鎖鎌《くさりがま》で足を狙ってくる。それなりに訓練を受けているのだろうな、と二郎は思いつつも、難なく躱《かわ》して鎖鎌《くさりがま》を持った男の目の前に立った。

「ひ！」

あげた声が若い。生かすならこちらか、と肘で顎《あご》を殴りつける。

脳が揺れたのか、ぐっとうめいた刺客が怯んだところを、容赦なく後頭部を叩きつけて地面に沈める。まだ少年らしい刺客は力なく倒れた。

「チィッ！」

残されたひとりが指で印を結ぶので祥が目を細めた。先日の襲撃のときも思ったが、術まで使う人間が交じっているとは厄介だ。

「ひとつ聞くが、おまえは私が誰だか知っているのか？　私が王の鳥だと……。手出しをすれば死刑になると知ってなお狼藉《ろうぜき》を働くか」

静かな問いに刺客は答えない。だが、動揺しないのは、狙う相手が誰なのかは認識している証だろう。

「知らずに襲ってきたならば、命乞いすれば助けてやろうかと思っていたが」

男の唱えた呪いが淡い光を放つ。

その光は狼の形をとって、牙を剥いて襲いかかってくる。

「式神とは、なかなかおもしろいことをするっ……！」

飛びかかってくる狼の牙を祥はすれすれで躱《かわ》し、胴薙《な》ぎにそれを斬りつけた。声なき声をあげて狼が霧散する。

「な……っ！」

術を使った男は驚愕の声をあげた。先日の男もそうだが、式神を斬られるとは思っていなかったらしい。普通、術には術で対抗せねばならぬものだ。

「……私の剣は師父がくださった特別製だ。術も斬れるぞ。……なんでもだ」

「クソッ……！」

焦った男が懐剣《かいけん》を取り出して大振りに振りかぶる。

なるほどたしかに彼らは訓練を受けている。その動きにも無駄はない。だが史上最強と呼ばれる剣聖の弟子として、二十年あまり鍛えられた祥に敵《かな》うものではない。

わずかな動きで斬撃《ざんげき》を流すと、予備動作なく剣を引いて頸動脈《けいどうみゃく》を切り裂く。

「ガハッ」

男が叫んだのを、足を払って突き倒し、無駄のない動作で心臓を突き刺した。ビクビクと二度痙攣した男はすぐに動かなくなった。

剣を振ると、血はあっさりと地面に落ちて、刃こぼれなど微塵《みじん》もない。

「やはりいい剣だ」

褒めそやす二郎を振り返ると、彼は遺体を三体積み上げていた。息切れもなく返り血も浴びていない。

たいした腕だと感心している祥の横を通り過ぎて、二郎は昏倒している刺客の口の中に手をつっこんだ。何かの塊《かたまり》を取り出して地面に投げ捨てる。

「毒を仕込んでやがったな。こんなガキによくもまあ……」

覆面を取ると、まだあどけない少年はわずかにうめいて目を開き、次の瞬間跳びのこうとした。その腕を取って地面に押しつけると、二郎は容赦なく両肩の関節を外す。

「……うっぐっ……！」

「肩を外されても叫ばぬとは、よく訓練されているな、小僧」

祥は一応褒めてから、少年の顔のすぐ横に剣を突き立てた。

「足が無事なら戻れるだろう。戻っておまえの主人に伝えろ。何人よこしてもおまえの部下が死ぬだけで、割に合わぬ殺しだ」

少年は痛みからか、屈辱からか顔を歪めている。魔族の血を引いているからといって、金色の目をしているわけではないらしい。黒い髪と瞳の少年だった。唇をぎゅ、と悔しげに噛むと幼さが際立つ。

「すぐに手を引けとは言わぬ。私の殺しを依頼した輩《やから》に依頼を撤回させるか、もしくは依頼主を殺す。頭目に半月待て、と伝えよ。もしくは依頼主の倍額払ってやるから殺しを諦めろ、と」

祥が二郎を見ると、彼は少年から手を離した。

「……誰が、おまえの使いになど……！　ガキだと侮《あなど》るなよ……！」

悔しいのか少年の目には涙がにじんでいる。

「では、ここで犬死にせよ。たまたまおまえを選んだだけ、そもそも私に刃を向けた時点で命数は尽きている。のたれ死ぬか、せめて主《あるじ》への伝言役を果たすか選べ」

少年は、きゅっ、と唇を噛み締める。

祥はのろのろと立ち上がった少年の腕を取ると、自分が持っていた腕輪を彼にはめた。少年の身なりには不似合いな金の腕輪だ。

「それは西王母様からいただいたもの。私にしか外せない。私以外が外せば外した者が呪い殺されると言え。私の提案に応じるにしろ断るにしろ、おまえ以外の返事は認めぬと頭目に伝えろ。おまえが私に伝えに来い。……名は？」

少年はたじろいだが、低く答えた。

「夏喃《かなん》……」

「命じたぞ、夏喃。私の気が変わらぬうちに早く行け」

少年は考え込んでいたが、やがて身を翻《ひるがえ》して駆けていった。二郎は黙って少年を見送った。

「子どもには甘いな、天聖君。……腕輪がおまえ以外に外せぬのなら、頭目も金欲しさに子どもを殺さんだろうさ」

「二度目はない。次に会ったときに刃を向けられれば殺す。……が、あんな子どもまで暗殺稼業に身をやつすとは、気がめいる話だ。戦の影響か？　それとも魔族が受け入れられぬからか？」

——戦で輝曜《きよう》の民はみな貧しくなった。貧困は立場が弱い者から苛《さいな》んでいく。魔族の血を持った孤児がいれば一番に追いやられるだろう。食うために手を差し伸べられたら、それが暗殺集団であっても誘いには乗るだろう。

二郎の説明に祥は嘆息する。

「ほかの道はないのか」

「俺に聞かれてもなあ。……たしかに俺の血筋は半分魔族だが、黒蛇《ヘイシゥ》に入るような不遇な奴らと違って裕福な家で理解ある家族に囲まれてチヤホヤと愛情深く育てられてきた。……奴らから見れば、唾棄《だき》すべき相手だろう」

「そうか」

「だが憐れむつもりもない。どこに行くのか、何をするのかは、最後は本人の選択だ」

傲慢ともいえる口調で言い切って二郎はこちらを見た。

「で、黒蛇《ヘイシゥ》の頭目が、先ほどの提案を呑むと思うか？」

「まさか！　だが時間稼ぎになるのではないか？　送る刺客がみな殺されるのは向こうにとっても手痛いだろう」

「負ける気は微塵《みじん》もないわけか」

冷やかす口調の二郎に無論と祥はうなずく。剣聖に弟子と呼んでもらったのは、この千年を通してもわずかに数人。それを名乗る以上、無様《ぶざま》な死に方はできない。

「一介の刺客に殺されるようでは師父に申し訳が立たぬ。いざとなれば、黒蛇《ヘイシウ》を殲滅《せんめつ》せねばならんが。奴等《ら》は何人いるんだ？」

「物騒なことを考えるのはやめておけ。正面からぶつかっては無駄に恨みを買うぞ。ま、依頼を諦めさせる方法は考えるとして、しばらく時間稼ぎにはなるだろう」

二郎は死体を一箇所にまとめると、両手で印を結んで素早く呪《しゅ》を唱えた。黒い炎が遺体を包み、一瞬にして男たちを灰にする。

「……真君には特技がいろいろとあるな」

「まーな。以前、気ままに旅をしているときに同行者から教えてもらった」

剣技だけでなく術も使えるとは、と内心で舌を巻く。

真君の祖母は皇族だ。それゆえに皇帝と親しいのだと聞いた。……身内贔屓があるにせよ、新帝がこの男を重用《ちょうよう》する気持ちはわかる気がする。

そばに置きたい、というよりも敵に回すと厄介そうだ。燃えていく遺骸を眺めても二郎の表情には罪悪感ひとつ浮かばない。戦場にいただけあって人を殺すのに慣れている。

「焦げ臭い香りが衣服につかぬうちにここを去るぞ」

そう促されて祥は従い、山を抜けて次の集落に着いたころには、すっかり日が暮れて雨が降ってきていた。

小さな集落でも宿は一応あるらしく、ずぶ濡れの男ふたりが宿に着くと主人は嫌そうな顔をした。だが、笠を外したふたりの顔を見ると、金がありそうだと踏んだらしく、一気に愛想がよくなった。銀の粒を握らせて二郎が何事か頼んでいる。

部屋に入ってへばりついた衣服を疎ましく思っていると、宿の主人が「湯が入った」と報《しら》せに来た。銀子《ぎんす》を渡していたのはこれだったらしい。

人を使い慣れているなと感心しつつ、祥はありがたく湯船を使うことにした。期待はしていなかったが、小さな集落の古い宿にしては小綺麗《こぎれい》にしている。

二郎はさっさと服を脱いで湯船に向かっている。

「入らないのか。体が冷えるぞ」

……躊躇《ちゅうちょ》はないのだが。

服を脱ごうとした手がためらいがちになるのは、初対面で無体を働かれた記憶と、先日のことが脳裏をちらつくからだ。しかし当の本人は祥に気兼ねすることなく堂々と裸になって湯船に浸かっている。

己ひとりが戸惑っていたのが馬鹿馬鹿しくなって、祥も服を脱いでそれに倣うことにした。

湯船は男ふたりが浸かっても十分な広さがある。雨に打たれた身体は思いのほか冷えていたらしく肩まで沈めると、疲れた身体が弛緩していく気がする。

二郎も腑抜けた顔で両肘を縁にかけて、天井を仰ぐ。

「都の貴人は裸で湯に浸からぬものかと思っていたな」

「うん？」

祥の独り言に、やけに耳のいい男が反応を返す。

「皇族の肌を見た召使いはくびり殺されると。二郎、おまえも皇族に血を連ねる者では？」

「たしかに俺は名門の御曹司だが。つい十年ほど前までは戦場にいたのだ。いちいち戦場でそんなことを言う奴はおるまい。男どころか女も次第にかまわなくなるから、ある意味地獄だぞ」

人間と違って神族の女にはおそろしく力の強い者や術を使う者もいる。そういう面々と二郎は戦に出ていたらしい。あのときはああだったこうだった、と当たり障りのない限りで戦場での日常生活を話してくれる。

実際は陰惨《いんさん》な話ばかりなのだろうが、語り口が軽妙なのでいちいち感心して聞いてしまう。身を乗り出して相槌を打っていると、手が伸びてきて銀色に戻した髪をひと房つかまれた。

珍しいのか、二郎がまじまじと見る。

「どういう仕組みなんだ、髪色を変えるというのは」

「実際は、髪色が変わっているわけではない。幻覚が作用しているわけでもない。私の周囲に幻影を作って……と、……そういうことらしいが、まあ、私にもよくわからん」

師父が懇意にしていた道士が、これなら簡単だと理屈ごと教えてくれた。できるようにはなったものの、仕組みが本人にも曖昧《あいまい》である。

「わからんのか」

呆《あき》れ声にふん、と開き直って笑う。

「理屈がわかって使いこなしているなら、ひと角の道士になっている」

なるほど、と笑った二郎が何を思ったか桶《おけ》に湯を入れて祥の髪にかける。

突然何をするのか、と固まる祥にかまわずに「洗ってやる」と髪に触れた。

よせ、と抗う間もなく手際よく湯で洗われて髪を梳《す》かれる。手際がよくて眠くなりそうだと思っていると、顔の間近で笑う気配がある。

「湯船で眠るな。溺れるぞ」

「寝てなどいない……眠いだけだ」

ぱちゃり、とうっすら目を開くとすぐ近くに薄い茶の瞳がある。あ、と思う間もなく喉に甘く噛みつかれた。

「……おい」

「……襲っておいて言うのもなんだが、おまえは少し無防備すぎないか？」

押しのけようと顔をつかんだ指をぺろりと舐められてゾク、と不快なような、そうでもないような妙な感覚が背筋を駆け上る。祥は眉間に皺《しわ》を寄せた。

「目の前に、以前おまえを犯そうとした不埒者《ふらちもの》がいて、この前も危ない目に遭ったのに。惜しげもなく餌を吊るす真意は？」

「……餌」

繰り返すと、二郎の手のひらが顔をつかんで唇をついばんだ。面食らうが、これは不快なのではない。

「嫌なら、避けろよ。でないと俺も勘違いするぞ？」

「難しいことを言われても、困る……」

正直に言うと今度は二郎のほうが面食らっている。

「……難しい、とは？」

えい、と押しのけると今度は素直に引いてくれた。

「色恋沙汰には縁のない生活を送ってきたのだ。よいも悪いもわからん」

「おまえを好ましく思って、言い寄る輩《やから》は崑崙《こんろん》でも大勢いただろうに」

祥はちょっと遠い目をした。たしかに、目を瞠《みは》る美少年だった自分によからぬ思いを抱いて、ちょっかいをかけてくる者は崑崙《こんろん》でも、昔はいた。しかし……

「少年のころにな」

「おう」

「私の美貌に目をつけて何かと話しかけてくる道士がいた。ある夜、ひとりでふらふらと歩いていところを暗がりに連れ込まれて……」

地面に押し倒されたときは、いかに呑気《のんき》な祥でもさすがにこれはまずい、と背筋を凍らせた。

が……次の瞬間、視界が真っ赤に染まった。

祥の戻りが遅いことを心配して捜しに来ていた師父が弟子の危機に怒り狂い、祥の服に手をかけていた相手の右腕を切り飛ばしてしまったからである。

道士は一命を取りとめたし、居合わせた医仙が事を荒立てぬように腕をくっつけてはくれたが、……結局、師父の怒りが収まらずに下山したはずだ。

「以来、私に手を出す命知らずはいなかったし、さすがにこの地位についてからそのようなよからぬことを考える馬鹿はおらん……ので、すっかり危機感を失っていた」

「過激だなあ」

呆《あき》れたように感想を漏らした二郎の手が、またあらぬところを触ろうとする。

「腕をなくしたいらしいな、真君」

「……怖い師父はいないのだろう？　だったら手を出しても叱られんのかと」

「師父がいなくとも、今は自分でできるが」

「素手なら俺に分がある」

眉間に皺《しわ》を寄せると、おもしろがってそこを舐められた。

「……よせ、と言っているのに」

「嫌なわけでもないのかと」

「うぬぼれるな」

手を避けると逆の手が来る。

ばしゃばしゃと水が跳ねる。じゃれ合っているように聞こえるだろうが、人が来たらどうしようかと気にした隙を突かれて、真正面から抱き込まれた。肌が触れ合う心地よさに困惑する。

「……嫌かと聞いたが、その問いには答えようがないな。嫌も何も誰かとこうしたこともなければ、誰かに焦がれたこともない。……先ほどから言っているだろう、難しいことを聞くな、と」

父は仲睦まじい妻を裏切って、小娘への恋に走った。家族全員を不幸に蹴り落とした挙句に生まれたのが己だ。

暴走した恋心は、結局のところ誰ひとり幸福にはしなかった。母も祥も。父本人でさえも。

家族への情愛も師父への尊崇《そんすう》もある。兄弟弟子への信愛も。だが。

「私に色恋はわからぬ。ゆえに聞くな」

「……厄介なことを言う」

「火遊びがしたいならば、ほかを捜せと言うておるのだ。銀の髪が気に入ったのなら一族の器量のいい娘を紹介してやる。西域の英雄ならば喜んで嫁ぐ者もいるだろう」

二郎は口を尖らせた。

「俺が気になるのはおまえであって、似た誰かと遊びたいわけではない」

「では残念だったな。私には荷が重……」

最後まで言い切れなかったのは、再び口を塞がれたせいだ。逃れようとする祥の下肢に手が伸びて、叫び声をあげそうになる。

「お客人、どうかなさいましたか」

湯殿の外から声をかけられて祥は身をすくませる。祥の口を手のひらで塞いだ二郎は、小さい子どもに言い聞かせるように、しーっと己の口に反対の手を当てた。

「なんでもない。ふざけていたら湯船で転んだ。もうすぐあがるよ」

「左様で」

二郎は平然とした顔で答えてから、舌を祥の首元に這わせる。頸動脈《けいどうみゃく》が脈打つあたりを執拗《しつよう》に甘噛みされて、抗議の声をあげたいのに誰かに見られたら……と思うと、漏れそうになる声を、唇を噛んで耐えるしかない。

「……んっ」

手が、足の間に潜り込んできたのでくぐもった声をあげてしまう。無防備なそこを、手でつかまれて二郎をにらむが、男は楽しそうな視線を返してくるだけで、腹が立つ。

「お食事をどうなさいます」

湯殿の外から呑気《のんき》な問いかけが聞こえてくる。

「そうだな……部屋で食べたいが」

肌を密着させられたまま身動きできずに、誰にも触れられたことのないそこを無遠慮に――かと思えば優しく、緩急をつけてしごかれる。やわやわと揉みしだかれる。

「……んぅっ……」

硬くなったのがわかり、顔を赤くして目をぎゅっと閉じていると、気づいたらしい二郎はくつくつと笑い、指の腹で鈴口に触れた。

「部屋に適当に運んでくれ。……ゆっくりと食べる」

形のよい薄い唇から覗くのは、尖った犬歯だ。

――喰われる。

「……ゆっくりと、だ」

耳元で甘い声がして、舌がぴちゃりと侵入してくる。

たまらずに突き飛ばそうとしたのに、足の間にある手が蹂躙《じゅうりん》するせいで力が抜けていく。下腹部に熱が集まる。今まで感じたこともない逃げたくなるような甘やかな衝動が下腹部にずくん、と生まれて祥は小さく首を振った。それでも、与えられる快感は逃がせない。

よせ、やめろと逃げるはずが、もがいたせいで逆に抱き合う形になって――

「……んっう……ああっ」

祥は二郎の肩に頭をのせたまま湯の中で吐精した。

「……っ……はあ……は……」

「悪くはないだろ？」

息を荒くしている祥の額《ひたい》に、二郎はあやすように口づけた。祥はクタリと身を預けながらも二郎をにらむ。

「……部屋に戻ったら……、殺してやる」

「じゃあ、しばらくここにいようぜ」

悪びれない顔に湯を思いきりかけてから祥は今度は彼の腕の中から逃れた。

「無理だな、湯にあたった。……癪《しゃく》だが手を借りてやる。部屋まで肩を貸せ」

ふらふらとする頭を押さえながらうめくと、手早く服を着せられて抱えられるようにして部屋に連れていかれた。寝転がってもまだくらくらし、天井をにらむしかない。

「悪かったよ」

二郎は笑って、冷たい水を浸した布を祥の額《ひたい》に置いた。

「……二度とおまえに無防備な姿など見せるものか」

「その姿では説得力がまるでないけどな」

「誰のせいだと……」

「誘うのが上手な俺と、流されやすいおまえのせいだな」

しれっと言うので怒るのも阿呆らしくなって、祥は半身を起こした。

「自覚した」

「うん？」

「どうせ私はもの知らずで、隙だらけで無防備だとも!!」

「はは、そりゃあいい気づきだ」

「だが、こんなところでおまえと遊んでいる余裕などないのだ――！」

一刻も早く氷華と合流して彼女を連れ帰らねばならない。

「ただでさえ氷華の行方《ゆくえ》も黒蛇《ヘイシゥ》のことも気鬱だというのに、これ以上わけのわからぬことで私を悩ませないでくれ。金輪際この話は終わりだ」

にらみつけると、二郎は「つまらんな」と口を尖らせた。

本当に叩き斬ってやろうかと剣に手を伸ばすと、降参だよと二郎が両手を上げた。

「なら、その懸念事項がなくなったあとならいいわけだ？」

「どうしてそうなる……」

「従姉殿が無事戻って、黒蛇《ヘイシゥ》の件も解決すれば、俺と闘《や》り合う約束だったろう」

「おまえが勝手にした約束だな」

「俺が勝てば今の続きをさせろ」

「……ばっ！」

「負けるのが怖いのか？」

渋る祥を間髪を容《い》れずに二郎があおる。売り言葉に買い言葉は相手の手の内だと思わなくはなかったが、まあいい、と祥はうなずいた。

「いいだろう。好きにさせてやる。だが私が勝てば私の要求を呑め」

「要求？　どんなものだ」

「西域を治める真君には正妃がおられないとか？　私が勝ったなら、迦陵頻伽《かりょうびんが》の者をめとれ」

「それはそれは……」

二郎がおもしろそうに目を細め、顎《あご》に手を添えた。

「勝手に人の貞操を賭けておいて、己のそれは俎上《そじょう》にのせぬ、ということはすまいな？」

「俺と縁戚になって何か得が？　言っておくが俺の跡継ぎは兄の子だぞ」

「知っているとも。だが、西域もおまえも敵にしたくはない。姻戚になるのは悪いことではない。どうする？　乗るか？」

二郎は祥の視線を受けてしばし考え込んでいたが、ややあって、にこりと笑った。

「いいだろう。俺が勝てば、おまえを好きにする。おまえが勝てば、俺は迦陵頻伽《かりょうびんが》の一族から伴侶を得る。この名に賭けて誓うとも」

本当かと渋面になった祥に素早く顔を寄せてあっさりと唇を盗む。

「……ふざけるな、と今言ったのだが」

「今のは親愛のそれだろう。それと成功報酬の前借だな」

気安く二郎が請け合ったところで、部屋の外から言い争う声が聞こえてきた。

「この！　泥棒が!!」

「泥棒だなんて人聞きが悪いっ!!　ちょっと金がないだけじゃないか」

「それを泥棒って言うんだよっ……！」

ドタバタと何やら騒がしい。ふたりは顔を見合わせると扉の外に出た。

「どうしたんだ」

宿の食堂に人だかりができている。

祥がひょい、と顔を出すと薄い金色の髪をした男が宿屋の女将《おかみ》に包丁で脅されている真っ最中だった。穏やかではないな、と怯える男と激高する女を交互に見た。

「おま、おまえ……。いや、無銭で泊まろうとするのはいかんが、神族を殺すのもご法度《はっと》だ……!!」

ふたりを止めようと宿屋の主人がおろおろしている。どうも金髪の男は、素寒貧《すかんぴん》のくせに宿に泊まろうとしたらしい。

「神族がなんだ！　銭の前ではみんな同じ立場だからねっ!?」

恰幅のいい女将《おかみ》が衣の袖をまくって吼《ほ》えるのを「至言だ」と祥は感心した。二郎はおもしろそうに見ているだけだ。

「いや！　本当に払うつもりはあるんですってば！　今、手元にないだけで……っ！」

「うるさいっ！　身ぐるみ剥いでやる」

女将《おかみ》の手が衣にかかったところで、祥はぽんっと手を打った。

「どこかで見たと思ったら、この前の宿で会った――」

「知り合いか？」

二郎にうろんな視線を向けられて祥はいや、と首を振った。知り合いというほどではない。先日泊まった宿で身ぐるみを剥がされていた男だ。

「なぜその男がここに？　ひょっとして黒蛇《ヘイシゥ》の一味なのか？　……いや……それにしちゃあ間抜けだよなあ……」

「……ううん……油断させる手かもしれんが……」

そろって首をかしげたふたりの視線の先で、上半身を丸裸にされた男が「ひどい！　あんまりだ！　情けがない！」と喚いている。すると、男がいきなりこちらを向いて祥を指さした。

「あっ！　いつかの親切な旦那っ……!!　ここで会ったが百年目……じゃない、ご縁ですねえ！助けてくださいよ」

祥は顔をそむけたが時すでに遅し、食堂中の興味を集めてしまっている。

「人違いだ。私はおまえを知らぬ」

「えっ、ひどいな！　ちょっとお金を貸してくれるだけでいいんですって!!」

「そんな義理はない」

祥は袖で顔を隠したが、男はかまわずにその袖に左手で縋る。

「ないってことはないでしょう！　あなたはどうやら同門のようだし、しかも同族だ！　かりょ……」

「な、何を言うおまえっ……!!」

迦陵頻伽《かりょうびんが》、と言いかけた男の口を祥は慌てて手で塞いだ。

「……何が、同門だって？」

祥に羽交い絞めにされた男に呆《あき》れつつ二郎がたずねると、男はにこにこと笑った。

「前にお会いしたときも気になってはいたんですが。あなたがお持ちのソレは、我が友、李白成の剣だ。そうでしょう？」

思わぬところで師父の名前を聞いて、祥はその場で固まった。

◆

男は蓮《れん》と名乗って笑った。

「家名は忘れましたが、私も迦陵頻伽《かりょうびんが》の一族ですよ。ただの蓮とお呼びください」

……ところ変わって宿の一室である。

自称同門だという男を慌てて黙らせて部屋にひき入れて、何を言うつもりか、と問いただす。

「私が誰か知っているのか？」

「同族の気配はわかるでしょう。しかもあなたは崑崙《こんろん》にいたはずの李自成の剣を持っている。となればあなたが誰かくらいはわかりますよ。自成が迦陵頻伽《かりょうびんが》の当主一族を弟子にした、というのは風の噂で聞きましたからね。私も元は崑崙《こんろん》の道士ですから」

「……崑崙《こんろん》の道士。字《あざな》がないのは砂環《さかん》の出身だからか？」

名前がひと文字しかなく、かつ字《あざな》がないことは迦陵頻伽《かりょうびんが》ではたまにある。砂環《さかん》出身の者であれば稀《まれ》に。祥もそうだ。

「おっしゃる通り生まれは砂環《さかん》ですよ。迦陵頻伽《かりょうびんが》がまだ大勢いたころに、放蕩《ほうとう》が過ぎて家を追い出されましてね、千年くらい前だったかなあ……」

「千……」

祥は絶句した。神族は大体三百年から五百年程度生きる。崑崙《こんろん》で修行した徳の高い仙であれば千年以上生きている者もいるだろう……が。目の前の男の軽薄な様子から、そうだ、とは俄《にわ》かに信じがたい。

「追い出されたのはいいのですが、学はないし、腕もあるわけではないし、どこに行っても食べていけないのでね、崑崙《こんろん》に伝手《つて》を頼って潜り込んで、道士の修行の真似事を……。まあ、そこそこ術を学んだものの、あまりモノにはなりませんで」

「迦陵頻伽《かりょうびんが》の一族のくせに？」

二郎が小さくつぶやいたが、現在の当主がからきしなのを思い出したらしく、その疑問は呑み込んだ。

「ただ飯食らいは許さぬと西王母に言われて、とりあえず下働きと、李自成の身の回りの世話やら小間使いやらなんやらをしておりまして。剣術を教えてもらったりはしていたんですが、山はどうにも暇で。百年くらい前にふらりと山を降りてそのまま今に至ると」

「信用ならんな……。では聞くが、西王母様のご容貌は？」

西王母といえば世に聞こえた凄艶《せいえん》な美女である。

祥の問いに蓮はニヤと口の端を上げた。

「私が山を出たころは、ちょうど幼い姿でいらっしゃいましたよ。もはや百年だ。美しい女仙になったでしょうね」

……正解を言われて、祥は口をつぐんだ。

「……。どういうことだ？」

「……あとで話す」

祥は口ごもったが、いくつか質問を重ねる。

祥がした質問のいずれにも、男はあっさりと答えた。

「同門だというのをそこまで疑わずともいいでしょうに！　疑い深い方だなあ！」

心外と言いたげな男に祥は考え込む。

「……いや……」

黒蛇《ヘイシウ》の手先ではないかと疑っているのだが、こうもあからさまな怪しい刺客があるだろうか。

蓮は肩をすくめて、盃《さかずき》に何やら呪いをかけた。

「お疑いならば、李自成に証言してもらいますよ。ええっと、これでいいかな」

「何を……」

酒で満ちた盃《さかずき》を覗き込んだ祥はあっ、と声をあげた。

灰色の髪をした若い三白眼の男が、盃《さかずき》を覗き込んで、驚いたようにこちらを見ている。

「……師父!!」

（……祥？　何事だ。私を呼び出すとは……何か、困り事か）

李自成は驚いたように固まり、こちらを見返す。どう説明したものかと思っていると、祥から盃《さかずき》を遠ざけた蓮がニヤニヤと笑って盃《さかずき》を覗き込んだ。

「やあ！　自成！　我が友よ。相変わらず辛気くさい顔だなあ……。話すのは百年ぶりくらいですかねえ！」

ガチャガチャドシャン！　と水面の向こうから大きな音がする。

（……蓮!!　貴様っ……!!　何をしている!!　そこで!!　なぜ我が弟子と一緒にいるのだ……!!　よくもまあ、久しぶりなどと！　早く帰ってこい……っ!!　阿祥《あしえん》、今どこだ）

「師父、真実この男は師父のお知り合いで？」

（……そうだ。蓮！　さっさと崑崙《こんろん》に戻っ――）

「いやですよ」

自成の言葉を遮って嘯《うそぶ》いた男は、盃《さかずき》から酒をボトボトと床にこぼした。

(待て……！！！　こら……！　逃げる気か……!!)

断末魔のように師父の声が先細りになり、やがて聞こえなくなる。

「ね？　知り合いだったでしょ？」

祥は床にこぼれた水を拭きつつ、一応、うなずいた。

己を阿祥と呼ぶのは師父だけだ。しかも彼の手元には、別れ際に祥が贈った翡翠《ひすい》の玉《ぎょく》が見えた。

あれは見間違いではない。

幻術は祥には効かない。ならば今見たものは事実と考えてよいだろう……

「……蓮殿。どうやらあなたが崑崙《こんろん》の御出身だというのは嘘ではないようだ」

「でしょう！」

「我が師父はあなたに早く戻れと言っていたが、崑崙《こんろん》に戻らずともよいのか？」

「そろそろ一度顔を出すかな、と思ってはいるんですけど、ついつい帰りづらくて。しかし私もいい年だ。崑崙《こんろん》だけではなく、一度くらい故郷の砂環《さかん》に帰って身辺整理をして余生に備えようかなあと」

目の前にいる男は……迦陵頻伽《かりょうびんが》には思えない。

金色の髪、灰色の瞳。

珍しい色だが、一族の中にはその色彩を持つ者がいないわけではない。

だが、一族だと思うにはどうにも違和感が拭えないのだ。千年以上も前の同族だから、容姿が違うからといって一族ではありえない、とまでは言わないが。

祥の困惑をよそに、蓮は砂環《さかん》に戻るのは三百年ぶりかなあ、と呑気《のんき》につぶやいている。

「私も砂環《さかん》に帰るところだ。……あなたを一緒に連れていってもいいが……、約束してほしい」

「約束？」

「砂環《さかん》に戻ったら年が変わる前に、師父のところへ顔を出すと約束を。そうすれば借金くらいは払ってやる」

「ええっ……？　うーん。まあ、いいですよ。どうせ山にも一度は戻らなきゃいけなかったし」

どこまでも軽い調子で蓮が同意する。

二郎がいいのか？　と聞いてきたが、祥はうなずいた。

宿の主人が何か言いたげに部屋に来て、結局のところ知り合いか？　とたずねてくるので祥は渋面になったが蓮の借金を払ってやった。

蓮は喜色満面で膝を打つと立ち上がり——意外なことに名門士族の公子もかくや、というような優美な仕草《しぐさ》で——拱手《きょうしゅ》をした。

「お礼を申し上げます、我が君。一族を離れて長いが天聖君に助けていただけるとは、望外の喜び」

身分を名乗ってはいないが、と祥はいぶかしんだ。しかし先ほど蓮が「当土一族の息子が自成の弟子だと噂で聞いた」と言うからには祥が誰なのか、はとっくにわかっているだろう。

「そうと決まれば、酒を親父にもらってきましょう」

うきうきと部屋を出ていった。

「……おい、あからさまに怪しい奴を信用するのか？」

「全面的にではない。我が一族というのも疑わしいが、師父の友人というのは嘘ではないようだし……何より西王母様の事情を知っている」

「崑崙《こんろん》にいれば西王母のことは誰でも知っているだろう」

祥は天井を仰いだ。西王母は数千年を生きる仙女だ、と一般に言われている。崑崙《こんろん》に詳しい者しか知らぬだろうが、事実は多少異なる。

「と、言うと？」

「西王母様は厳密にいえば、数千年も生きてはおられない。出自は……ただの神族の女性に過ぎない。何度も生まれ直しておられるのだ」

「……生まれ、なおす？」

二郎がぽかんと口をあけた。

「そうだ。どこに生まれるかはわからぬ、どう生まれるかもわからぬ。ただ西王母として生まれ、いかに強い異能を持っていようと、ほかの神族と同じように老いて三百年あまりで死ぬ。そしてまた、この地のどこかに生まれ直す……そういう運命だ」

「どうやって生まれ変わりを判別するのだ？　我こそが西王母だとどこぞの誰かが詐称《さしょう》しても、西王母かどうかはわからぬではないか」

私も見たわけではないので伝聞だが、と前置きして祥は説明した。

「新しい西王母は必ず天帝がお連れになる。当代もそうだった。そして必ず前世の記憶がある」

当代の西王母は人ならば三十前の妙齢の美女だ。

たしかに百年前ならば幼い少女の姿であっただろう。隣の二郎を見ると困惑しているようだ。

「天帝が……お隠れになって千年あまり。もはやこの世には関わらない、のではないのか？　そもそも、天帝とやらは実在していたのか……？」

「天帝に作られた一族を前にして言うことか？　まあ、気持ちはわからぬでもないが」

――千年。

神族の間でさえそのような昔はもはや伝説の域だ。

天帝がいたらしい、皇宮にも訪れていたらしい、これを使っていたらしい。とこかしこで彼《あ》の方の伝承は聞くが、実際の痕跡は、ほぼ残っていない。

「私もお見かけしたことはないが、師父も西王母様もお会いになったことがあると言うからには、実際に天帝はおられるのだろう、おそらく。今もこの大陸のどこかにいる、と師父は言っておられたが」

祥が思い出しながらつぶやくのと同時に、酒どころかつまみまで持って、齢《よわい》千歳を自称する仙が戻ってきた。

「しかし見るからに怪しげではないか？」祥は顔をしかめた。

「まあ、何かあれば対処すればよい。おまえとふたりきりでいるより、誰かといたほうがまだ安全なようなのでな」

「信用がないな」

祥が冷たく言うと、二郎は肩をすくめた。ふたりの間の微妙な空気には気づいていないのか、いやどうでもよいのか、蓮はうきうきと酒宴の準備を始める。

「どうぞ一献《いっこん》」

なぜか親しげに二郎に酒を注いだ蓮は、当然のごとくふたりの間に割って入った。

「もらおうか」

二郎が当然とばかりに盃《さかずき》を受け取る。

その様子を見て、蓮はニコニコと邪気なく笑う。

「しかしまあ、二郎様。王の鳥とあなたのような人が一緒にいるのは……おもしろいですねえ」

言い放ちながら、蓮は無礼にも二郎の額《ひたい》を指さす。額《ひたい》は神族にとっては力の源《みなもと》。触れられるのを誰もが嫌がる。触れていなくとも指をさすのは無礼だろう。二郎がうめいた。

「……何が言いたい？」

「いやはや、長生きはしてみるものだなあ、と思うただけです」

からかうような蓮と対照的に二郎の表情が曇る。

「どうした？　あいつは何を言っている？」

普段明るい表情ばかりを浮かべる男が、一切の色を消して蓮をにらんでいる。いや、警戒しているのか。

「いや……何でもない」

二郎は……小さく舌打ちをすると盃《さかずき》を空にして、蓮に突き出した。

「妙な真似をしたら斬るからな」

「怖いなあ」

妙な連れができたなと横目で見つつ、祥も酒をあおった。


同行者となった怪しさしかない蓮は、案外使える男だった。

村から砂環《さかん》まではひとつ山を越え、さらに小さな砂漠の向こうの岩山に行かねばならない。途中野宿をはさんだが、砂漠を渡る前には驢馬《ろば》を調達し、術を使っての寝床の確保まで実に気が利《き》いている。強くはないが風を操《あやつ》ったり水を探したりと……できることは多岐にわたる。

「道士としてはものにならず、か」

祥は少々拗ねた気持ちでつぶやいた。

仙術を使う者たちの水準は年々下がっている、とは先輩道士の弁だが。

千年前の基準で、たいしたことはない道士だとしても、今の崑崙《こんろん》なら並の道士と同じ程度の術に見える。そして何より風を扱う神族は迦陵頻伽《かりょうびんが》に多い。

自己申告の通り、真実同族なのか、と観察しつつ背後をついていくと、砂漠は半日も進まぬうちに終わり、緑が深くなっていく。そして次第に白い岩石の多い山道に分け入り、連なる山のひとつの山頂にたどり着く。白い岩が円錐状に空に向かって切り立っている。

「ああ、懐かしいな、我が故郷！　砂環《さかん》よ」

蓮が祥の心中を読んだかのように嘆息した。眼下、広がる白い岩壁——雲に届くかのようにそびえ立つ岩山に二郎が、おお、と小さく声をあげた。

「で？　砂環《さかん》はどこに？　あの岩山を越えるのか」

砂環《さかん》が故郷のふたりに向かって二郎が首をかしげる。

ふむ、と祥と蓮は顔を見合わせて同時に指さした。

「あの岩山だ」

は？　と西に住む男は間抜けな声をあげた。祥は肩をすくめてもう一度繰り返した。

「あの岩山をよじ登った先に、砂環《さかん》がある。まあ、我ら迦陵頻伽《かりょうびんが》は……」

祥の言葉を、同じ一族を自称する男が引き取った。

「鳥の巣と呼びますけどね」

第四章　鳥は籠の中で遊ぶ／鳥儿在籠子里玩耍

砂環《さかん》は都の南西に位置する砂漠と、それを越えた岩山が多くある領地だ。治めるのは蔡一族。首都に住む迦陵頻伽《かりょうびんが》の一族とは多少、流れが異なる。

天帝は、迦陵頻伽《かりょうびんが》の一族を愛する鳥から作り出した。雌雄はヒトの形をとって、番《つがい》となり子を産み、その子たちがまた番《つが》って数を増やし……

「それが首都に住む迦陵頻伽《かりょうびんが》の一族の成り立ちと言われているが、蔡の家は少し違う。あまり知られてはいないが二千年ほど前に天帝がもう一度作り直したと言われている」

「作り直した？」

二郎が驚く。

「ああ。皇都の迦陵頻伽《かりょうびんが》とは別系統の一族を作りたい、と考えた天帝はわざわざ若い迦陵頻伽《かりょうびんが》の男女を作って砂環《さかん》に送り込んだらしい。そのふたりと青家の子女が番《つが》って生まれたのが、蔡家だ」

つまり、と祥は言葉を区切った。

「血筋としては青家よりも蔡家は千年新しい。それゆえに一段下の一族とみなされている。……しかし、血が薄まった青家よりも天帝の残り香は蔡家のほうが濃いともいえるな」

「それは知らなんだ」

二郎は説明を聞いて感心している。

祥は汝秀から持たされた鏡を袖から出した。

「蔡の家の者は砂環《さかん》周辺から外に出たがらないからな」

「排他的な一族なのか？　ただでさえ迦陵頻伽《かりょうびんが》は一族以外とあまり交わらないが」

「まあ、会えばわかるだろうさ。……若瑛《じゃくえい》、聞こえるか」

祥が呼びかけると手鏡の向こうから反応があった。到着したことを伝えるとすぐに迎えをやる、と言う。

「迎えが来るとして、この炎天下で待つわけか？　そもそもこの岩山をどうやって登るんだ？」

「すぐわかりますよ。ほら、あそこ」

そう言って蓮が指をさした。よく見ると、二階建ての宿屋と同じくらいの高さに人が立てるほどの空間があり、その奥に――洞《ほら》のような暗がりが見える。

「あそこまでよじ登らせる気か？」

「さあな。二郎。おまえは登れと言えばできるのか？」

「あのつるつるとした垂直の岩壁を？　爪が剝がれそうだな」

――できないとは言わないらしい。

「止めはしないが……」

地上から行く道もあるが、それは部外者が……この場合は二郎がいるので使えない。

見ろ、と祥が手で示す先、はるか頭上、岩山の頂上あたりにふたつの影が見える。

「……鳥?」

いぶかしげにつぶやいた二郎の表情が次第に驚愕に変わる。

「祥様! おひさしゅう」

「……お迎えに上がりました」

近づいてきたのは鳥、ではなかった。

背中に翼の生えた男ふたりが祥を見つけて、彼の前に跪《ひざまず》くと顔をほころばせる。その背中には、真っ白な羽が生えていた。まるで鳥のように。

「――有翼人《うよくじん》?」

二郎が驚いた声をあげた。

◆

背中に羽を持つ男ふたりは祥たちを軽々と抱え上げると、洞《ほら》の前まで連れていった。

促されて、洞窟――岩山の中心へ続く通路――を、燭台に灯りが飾られた横を黙って数分ほど歩くと視線の先に光が見える。

光に導かれるまま洞窟を抜けると、武装した男たち――彼らには羽がなかったが、頭髪は祥と同じく白銀だった――が恭《うやうや》しく出迎えた。

祥が手を上げると、彼らは折り目正しく礼をとる。

「お帰りなさいませ、我が君」

「大仰《おおぎょう》な挨拶はいい。ひそかに帰って来ただけだし」

祥が言うと、はい、と応じた男たちのうちひとり、一番若い者が先導し始めた。

ついてこい、ということなのだろう。

「これが迦陵頻伽《かりょうびんが》の街か」

二郎が周囲をぐるりと見回しながら嘆息した。

目の前にはひとつの街が広がっている。

洞窟を抜けた先は広い広い空間で、遠くに白い岩壁が見える。空から降り注ぐ陽光に照らされて、道にそって店があり、老若男女が大通りを賑《にぎ》やかに行き交っている。

壁に囲まれた中にひとつの街がすっぽりと収まる様子は、規模は小さいが人工の壁にぐるりと囲まれた皇都の様子と似ている。

砂環《さかん》は岩壁に囲まれた珍しい地形だ。元は岩であっただろう内部は、えぐられたように空洞になっている。

天帝が岩山をくりぬいて、そこに鳥たちを住まわせた、という伝承である。

迦陵頻伽《かりょうびんが》の一族の特徴は美しい容姿、銀や金色の髪。薄い色の瞳。

砂環《さかん》の民にはそれに加えてもうひとつ、特徴がある。民の三割はその背中に羽を持つのだ。

「言っただろう、砂環《さかん》は二千年前にできた街。天帝が作った新しい迦陵頻伽《かりょうびんが》の一族は、皇都の迦陵頻伽《かりょうびんが》と系統が異なり、天帝の残り香も濃いと……」

「残り香。……その証が、羽か！」

二郎は興味津々といった体《てい》で街を見ている。

「西にも獣人はいるだろうに」

「いるにはいるが、……羽持ちはあまり見たことがないな。そもそも通常はヒトの形をしているものが多いし」

「――そうなのか？　砂環《さかん》の一族もすべてが羽持ちではないが。……珍しがって攫《さら》われるのを嫌って、一生この土地を出ない者も多い」

ここを出た容姿の優れた羽持ちが観賞用にとほかの神族や裕福な人間に軟禁され、無体を働かれた例は枚挙にいとまがない。

岩山で囲まれたここは、言わば鳥たちが外敵から身を守る「鳥の巣」だ。

「祥様、城主様のお屋敷まで輿《こし》をご用意いたしました」

先導してくれていた若者が輿《こし》を示す。

祥はいや、いい、と断って、「懐かしいなあ！」と金もないのに露店でいろいろ物色している迦陵頻伽《かりょうびんが》らしからぬ蓮を見た。

「その男を連れて老三《ろうさん》の屋敷へ行ってくれ。そこで酒と食物で適当にもてなしてくれ」

老三は砂環《さかん》の城主一族の重鎮、五百年は生きている老爺だ。蓮が真実、迦陵頻伽《かりょうびんが》の一族ならば顔見知りだろう。

「は？　あの御仁ですか？　どこの方で……」

「高名な仙らしくてな。我々の同胞らしい。三百年前には砂環《さかん》にいたというから、再会を喜ぶだろう。本当ならば、だが」

「……はあ、同胞ですか……」

若者も蓮が迦陵頻伽《かりょうびんが》とは思わなかったらしい。怪しい動きをしたり、逃げたりしたら斬っていいぞ、とさらりと命じると二郎が「怖いな！」と軽口を叩いたので、祥はフンと鼻を鳴らした。

「……おまえも立場は一緒だぞ。ここで何かしたら私だけでなく砂環《さかん》の民数千が敵だ。いかに百戦《ひゃくせん》練磨《れんま》の真君とはいえ、多少は荷が重かろう」

「おとなしくしているよ」

肩をすくめた二郎を引き連れて、祥は城主である蔡一族の屋敷へ足を向けた。

「しかし……当たり前だが迦陵頻伽《かりょうびんが》の一族がこれほど多いのは初めて見る」

「珍しいか？」

「都でも、西域でもあまり会うことがないからな。何世代か前が迦陵頻伽《かりょうびんが》という者には何人か会ったことがあるが」

続く言葉は祥には予測がつく。

「みな、迦陵頻伽《かりょうびんが》には見えなかった、か？」

「そうだ」

祥は歩きながら周囲の人々を見渡した。住民の髪色は、ほぼ銀色。視界にひとりかふたり金色の髪を持つ者が見えるのみで、みな一様に肌が白い。

「迦陵頻伽《かりょうびんが》の民は他種族と混血すると、必ずその形質は消える。自然と砂環《さかん》か一族の領地にしかいなくなる」

「それは……、聞いたことがあるな。獣人と交わればその子は獣人となり、魔族と交われば魔族の子になり……」

「――皇族と交われば、必ずその形質を受け継ぐ……」

祥は二郎の言葉を引き継いで嘆息した。

「だからこそ、昔は迦陵頻伽《かりょうびんが》が皇后になるのが決まりだったのだ」

「決まり？」

「龍眼《りゅうがん》を持つ皇帝と迦陵頻伽《かりょうびんが》が番《つが》えば、その子どもは必ず龍眼《りゅうがん》を受け継ぐからな」

龍眼《りゅうがん》は天帝がその額《ひたい》に抱くもの。力の源《みなもと》。竜眼を持つものはすべてを統べるに相応しい、おそろしいほどの異能を持っていたという。岩を砕き、火を操《あやつ》り、地を裂いて……

それはさすがに言いすぎとしても、かつて大華《たいか》の皇帝が諸族を支配できたのも、自身のおそろしいほどの異能に拠《よ》るところが大きかった。

「かつて皇位を継ぐのは龍眼《りゅうがん》があること、が最低条件だった。そのためには皇族同士の婚姻か、迦陵頻伽《かりょうびんが》を伴侶に迎えるか。そのどちらかが手っ取り早い」

だが、時が経るにつれ、皇帝の中には迦陵頻伽《かりょうびんが》以外の伴侶を愛する者も出るようになる。皇族とそれ以外の神族が番《つが》った場合、龍眼《りゅうがん》を継ぐかどうかは半々の確率だ。

「……なるほど、龍眼《りゅうがん》のための婚姻か……」

なぜだか決まり悪げに二郎は身じろいだ。

二千年ほど前までは迦陵頻伽《かりょうびんが》以外の女性は皇后になれず、龍眼《りゅうがん》を持たないものは皇位につくことができなかった。しかし、その習慣も形骸化した。天帝から受け継いだ血は薄れ、皇族で第三の瞳を持つ者はいない。

「受け継ぐべき龍眼《りゅうがん》がないのだから今や迦陵頻伽《かりょうびんが》の一族が皇后を輩出する意味はない。我ら迦陵頻伽《かりょうびんが》が不当に宰相の地位を持ち続けている、と陰口を叩かれても仕方ないことではある」

祥がぼやいたところで使用人がふたりを迎えに来た。

到着を報《しら》せて使用人に先導され、従兄《いとこ》の執務室に入ると、白装束を着た迦陵頻伽《かりょうびんが》が、床に平伏して祥を出迎えた。

「……我が君……」

重々しい声に、祥はうんざりと天井を仰いだ。

蔡若瑛《じゃくえい》は砂環《さかん》の城主、氷華の弟、羽を持つ迦陵頻伽《かりょうびんが》の者たちの長《おさ》である。生真面目《きまじめ》な性格で、祥とも馬が合う。

彼は床に額《ひたい》を擦《こす》りつけて唸った。

白装束は死人にふさわしい色。

「……皇都を逃げ出すなどあってはならぬこと！　死んでお詫びをっ……！」

――思いつめる性格なのが玉に瑕《きず》、だ。

氷華が帰ったのは祥も承知していると鏡で伝えていたが、納得していないのだろう。

「あー……何か勘違いがあるようだが、氷華は逃げたわけでは」

「お気遣いくださらぬともよいのです、祥様。あの姉のこと、妙な考えを起こして砂環《さかん》に舞い戻ってきたのではないかと……！　責任は私が取りますゆえ、どうか一族はお許しを……」

はあ、と祥はこめかみを押さえた。白装束は葬儀の色だ。死んで詫びると言いたいのだろうが……

「最近、都では弔事《ちょうじ》が多かった。責任感が強いのは結構だが、私はまた一族の者を見送るのはごめんだ、若瑛《じゃくえい》。軽々しく死ぬなどと口にするな」

兄も姪も短期間に弔《とむら》ったのだ。これ以上見たくないのは本音だ。従兄はハッとした表情で顔を上げた。

「……！　そのような……つもりでは」

まあ、立てと祥は促してたずねた。

「氷華はどこに？」

「屋敷の地下牢に――」

「閉じ込めたのか⁉」

祥が驚くと、若瑛《じゃくえい》は慌てて首を振る。

「自ら進んで入ったのです。戻ってきた理由を聞いても答えず、出てこいと言っても出てこぬ……。そして祥様が来られたら……その、大変申し訳ないのですが、お越しいただくように、と」

「……やることが極端な姉弟だ……」

二郎が呆《あき》れたように感想を漏らすが、これには反論のしようがない。思いつめていた若瑛《じゃくえい》は初めて祥の隣にいる青年に気づいた。

「祥様、そちらの御仁は？　一族ではないようですが……」

なんと説明するか考えていなかったな、と思って沈黙していると、二郎は勝手に「煬二郎と申します」と名乗った。

よくある名前だからか、若瑛《じゃくえい》の中で目の前の質素な衣服の剣を佩《は》いた青年が、まさか西域の主《あるじ》だとは思い至らなかったようだ。

護衛か何かと思ったのか、二郎殿、と若瑛《じゃくえい》は繰り返した。

「ここで話をしていても埒《らち》が明《あ》くまい。とりあえず氷華のところへ案内してくれ」

天聖君を地下牢にお連れするなど、と若瑛《じゃくえい》は渋ったが、じ、と見られて折れた。

城の奥、ひんやりとした地下牢へ若瑛《じゃくえい》についていくと、女性がふたり静かに牢の中に引かれた敷布の上に座っていた。

氷華と、その侍女の水玉だ。

足音に気づいたのか、凛とした表情のまま氷華は振り向いた。遅れてこちらを向いた水玉は対照的にさあっと青ざめて、その場で平伏した。

「砂環《さかん》にお帰りなさいませ、我が君」

氷華の声は涼しい。

「私は戻ってきたわけではないですよ。氷華、義姉上」

とりあえず、健康状態は悪いわけではなさそうだ、と心の中だけで安堵する。

「……珍しい方と一緒にいらっしゃいますね」

ちらりと氷華は祥の隣に目を向けた。

二郎がやけに愛想よく微笑む。

「氷華殿と、どこかでお会いしたことがあったでしょうか?」

「水玉と都を歩いているときに、遠目にお見かけしたことがございます。お供の方々と、警護をしておいでした。……お初にお目にかかります。蔡氷華と申します、真君」

「真君⁉」

若瑛《じゃくえい》が素っ頓狂な声をあげる。煬家の二郎、真君と言えば、ようやく誰か気がついたのだろう。

今上の縁戚、西域の主……

どうあっても皇后候補の逃避行を知られてよい相手ではない。皇族の末端にいる彼に知られるということは、皇帝にすべてが筒抜けだと思っていい。

「氷華殿の里帰りに祥殿が顔を出すというので、ついて参りました。お目にかかれて光栄です」

二郎は逃避行だとは思っていない、と暗に告げた。

祥は肩をすくめて牢の中に入った。

「いかな酔狂で氷華がこのような薄暗いところにいるのかは知りませんが、部屋に戻ってもらえませんか？　ここでは落ち着いて話もできない」

「……ここで私の話を聞いてほしいと願ってはいけませんか？」

恐れることもなく、氷華はたずねた。その横で水玉はずっと平伏したまま震えている。

「聞いたあとで必要があれば、再び戻ってもらいますよ。……その前に、水玉を罰さねばなりませんね」

「なぜですか？　この娘《こ》は関係ありません。私を心配してついてきただけです」

対峙するふたりの狭間で少女はなおも沈黙したまま、身を低くして這いつくばった。腕につけた身護りの鈴がシャラリと鳴る。

その鈴に見覚えがある。気まぐれに祥が下賜《かし》したもので、大事にするほどのものでもあるまいに、と少しばかり苦い思いで見る。

「無断でのあなたの外出を許して、危険な目に遭わせることを黙認した。いくらでも私に行方《ゆくえ》を報《しら》せる機会と手段はあったでしょうに」

「私が許可しませんでした、祥殿」

「水玉はあなたの命令を聞くべきではない。我が家の侍女なのですから」

「水玉を罰すると？」

「あなたに罪があると、あくまでもおっしゃるならば、ね。――氷華がただ若瑛《じゃくえい》に会いに戻っただけ……と言うならば罪に問う道理はないでしょうが。ここは冷えますし、話もしづらい。――あなたの部屋に戻りませんか」

少し考えるふうだった氷華は、小刻みに震えている水玉を見やりうなずいた。

「出ましょう」

氷華が立ち上がる。なおも平伏したままの水玉に祥は声をかけた。

「水玉、おまえも来なさい」

「……し、しかし我が君」

「よい、顔を上げよ」

少女は涙をこらえて震えながら顔を上げた。

「わ、私の罪はいかようにも……」

「罪ではないと言っている。早く立ちなさい」

静かに祥がそう言うと、水玉は震えながらも立ち上がった。

歩きながら体勢を崩して倒れた少女を、二郎がすんでのところで受け止めて抱きかかえた。水玉は男の腕の中でくたりと脱力している。都を出て十日あまり、張り詰めていたものが途切れたのだろう。

「気を失っているようだ。――どこかへ運ぼうか？」

「い、いや……あなた様のお手を煩《わずら》わせるわけには……」

若瑛《じゃくえい》は断ろうとしたが、祥は従兄《いとこ》の言葉を遮る。

「高貴な方の手を煩《わずら》わせてすまないが、頼めるか。――若瑛《じゃくえい》、案内を。私は氷華と積もる話がある」

二郎はいいよと笑う。

「あとで話は聞かせろよ」

すれ違いざまに言われたので、承知と祥はうなずく。

牢を出て二郎たちは客間へ、祥は氷華に促されるまま彼女の部屋へ足を向けた。

館の奥、陽当たりのよい部屋は、氷華が都へ居を移したあともまだ彼女がいたころのままになっているようだ。幼い時分は若瑛《じゃくえい》と共に訪れて、氷華に書を読んでもらったこともある。

彼女の部屋を守っていたらしき侍女と兵がふたりに気づいて安堵したような顔をする。

ふたりに下がるように言いつけて、祥はたずねた。

「それで……氷華。里帰りの理由は何だったのです？」

「あなたはどう思うのです、祥」

蒼い瞳がこちらを見返す。

こうしてみると、氷華は己とよく似ていると思う。一族の中ではおそらく一番。血縁は従姉弟に過ぎないが、実の姉弟といっても疑う者はいないだろう。

「私の質問に問いで返さないでほしいが……」

ちくりと皮肉で返しても動じる様子はなかった。皇后になることに怖気づいて逃げ出したというのは祥の誤解なのかもしれない。

祥は椅子に座ると、立ったまま涼しげな表情の氷華を見上げた。

「砂環《さかん》で自由に生きてきたあなたに後宮は暗すぎ、そしてせますぎる。後宮に入らずともよいですよ、氷華。……と申し上げるつもりでした。ここに来るまでは」

氷華の表情がほんの少し揺らぐ。傷ついたというよりも驚いた、という印象だ。

「今は違うと？」

「ええ。考えが変わりました」

旅の最中に市井《しせい》の人々に、祥は出会った。

戦に若い時代を費やしたであろう宿屋の男たち、家族を失った娘、黒蛇《ヘイシゥ》に所属して人を殺す術を覚えたあどけなさを残した子ども。彼らは戦の犠牲者だ。

戦場で死んだ長兄や一族の者、数多《あまた》の神族だけが犠牲者ではない。いや、神族はまだいいだろう。神族の身勝手な権力争いに巻き込まれる人間たちの払う犠牲は大きい。彼らが持ちうる生の時間は神族に比べて格段に短いのだから。

二度と、皇位を巡る戦など起こしてはならない。少なくとも文護が皇帝であるうちは。神族は長き時を生きて人間を支配するならば、彼らに安寧をもたらす責務がある。――そして、皇帝文護の治世を盤石《ばんじゃく》にするためには、趙家のような外戚はできるだけ排除しておきたい。文護の皇位を皇太子に万全の状態で受け継がせねばならない。

二郎に言われたのと同じことを氷華に告げていると思い至って、祥は苦笑した。

「母亡き皇太子にはうしろ盾が必要です。それには我らがならねば――我ら迦陵頻伽《かりょうびんが》は王の鳥」

一族は皇帝のために天帝によって作られた。

「――皇位にある者を補佐するのが責務です」

「私にそうなれ、と？」

祥を見つめて氷華は問う。

「覚悟は決めていただいたはず。怖気づいて逃げてもらっては困る。一服盛ってでも連れて帰りますよ」

祥の容赦ない言葉に、あろうことか氷華は笑った。

「ふふ。あなたに怒られる日が来るなんて、思いもしなかったわ」

「笑いごとではない、氷華。玲姫も私もどれだけ心配したか、あなたを……」

追って黒蛇《ヘイシゥ》が……という言葉は呑み込んだ。無事に砂環《さかん》についたのだ。無駄に怖がらせることはない。

「心配をかけてごめんなさい、祥。用事を済ませたら都へ戻ります。ただ行きたい場所があっただけなのです」

「それならば私に言えばよかったでしょう。なぜひとりで……」

「あなたに公《おおやけ》ではなく、秘密裏に追いかけてきてほしかったの」

発言の意図がわからずに首を捻《ひね》るが、氷華は祥の疑問には答えずに、静かな目で見下ろしている。

「後宮に入れば砂環《さかん》には二度と戻れぬでしょう。月湖《げっこ》をもう一度目に焼きつけておきたいのです。これはあなたにする最後の願いです。どうか」

砂環《さかん》を出て、半日ほど歩いた場所にその美しい湖はある。満月の夜には湖面が鏡のようになって、美しく月を映し出すことからそう呼ばれる場所だ。

美しい場所だが、祥は好きではない。顔をしかめたが「最後の頼み」と言われては断れない。

「……承知」

そう答えて祥は彼女の部屋をあとにした。

「浮かぬ顔だな、色男」

深夜、賓客用の部屋でひとり酒をあおっていると足音もなく二郎が現れた。

「水玉は？」

「目を覚ました。あまりに気落ちしていたのでな。なだめておいた」

「おまえは女人の心をつかむのがうまそうだ」

二郎は祥から盃《さかずき》を奪って自分で飲んだ。

「俺が？　どう考えても水玉はおまえに惚れているだろうに」

からかうでもない、ただの事実の確認という口調に祥は眉間に皺《しわ》を寄せる。

そうだろうな、という予測はしていたが、あえて目を逸らしていたことを突きつけられると、困るという感情しかわかない。

水玉が嫌いなのではない。ほかの女性たちから寄せられる好意すべてに対してそうであるように、困惑するだけだ。

「なんだ、自覚はあったのか」

「……気づいたところで、どうにもしてやれぬ」

天聖君の正妃になれる身分でもなく、可愛い少女ではあるが抱く思いは好意であって恋情ではない。

二郎はやれやれと肩をすくめた。

「水玉だとて、おまえと、どうにかなりたいわけではないだろう。好きな男の意に添わぬことをして、叱られて傷ついているだけだ。氷華殿をひとりでは行かせられないと怯えながらもついていったんだろう。見上げた忠義だと褒めてやれよ。それだけでいいはずだ」

「そんなものかな」

「酒を一升賭けてもいい」

慰める口調なのがおかしい。もっともな説教をする食えぬ奴、と思う反面、気にかけてくる人のよさが垣間見えて好ましく感じて……困る。

「賭けごとはうんざりだ」

軽口に、二郎は小さく笑って盃《さかずき》を置いた。

「それで？　氷華殿はなんとおっしゃっていた？　なぜ都を出たと？」

祥は先ほどの会話を二郎に伝えた。

「たしかに。印象だけだが、怖気づいて都を出たというふうでもなかったな。月湖《げっこ》とは？」

「砂環《さかん》から少し離れたところにある、飛び地だ。普段は誰もおらず、景色が美しい……明日の夜はちょうど満月だから月湖《げっこ》が一番美しく光って見えるだろう」

それを見て、翌日には帰途につく。

「浮かぬ顔だな？」

祥は盃《さかずき》に酒を満たした。少し飲みすぎたかな、と思いつつもやたら喉が渇くのでつい、酒が止められない。

「月湖《げっこ》には満月の夜、まるで合わせ鏡のように月が映る。冬の夜は空気が澄んでいて特に美しい。子どものころ、抜け出して見に行ったことがある」

十五夜。空に浮かぶ銀色の月と同じ色のそれが湖に浮かぶ。しんしんと降り積もる雪に覆われた湖は、ひたすら静謐《せいひつ》でおそろしかった。

「子どもひとりでか？」

いぶかしげな声でたずねられて、祥は唇を笑みの形にしたまま目を伏せた。すべてを覆い隠す新雪に自分の足跡だけをつけて幼い祥が走る。幼い祥は大声で泣き叫んでいた。

——母上、母上、どこにいるのです……！

「……母が部屋に戻ってこないので、捜しに行ったのだ」

——我をおいていかないで……！

いつもは祥と離れて、都の屋敷にいた母。年に数回会えればいいほうだった。

父は母に執着してどこにもやりたがらなかった。息子である祥にも会わせたがらなかった。だが、母が体調を崩すと仕方なく砂環《さかん》へ帰還することを許した。

「月湖《げっこ》は母の墓標《ぼひょう》だ。ゆえに……私はあまり好きな場所ではない」

さすがに二郎の顔色が変わった。

おもしろい顔が見られたな、と薄く笑みを浮かべて祥は彼にも酒を勧める。

円にやや満たない月が雲に隠れて、あたりがすうっと暗くなる。

「私の身の上のことを、どれだけ知っている？　陛下から聞いているか」

「陛下はぺらぺらと人の事情を話す方ではない。だが、俺も噂くらいは聞いている」

「どのような？」

「当時の天聖君が美貌の少女を囲ったと。そして生まれたのがおまえだ、と」

「ほかには？」

「……貴殿の父君は、正妃には目もくれずに少女にいれあげて、正妃を忘れ、夫婦仲が破綻したと」

祥は月を眺めた。

雲の切れ間から銀色の光がぽろぽろとこぼれ落ちてくる。

「……母は月湖《げっこ》のほとりで、恋人と心中した」

隣で二郎が動きを止めた。

「もともと、母には恋人がいた。親の決めた許嫁《いいなずけ》で彼と添うはずだった。だが、私の父は何を血迷ったか、まだ少女といえる年齢の母に恋着してふたりを引き裂いて、私を産ませた」

母は絶望して何度も逃げ出そうとしたのだという。

しかし当然父はそれを許さなかった。

「母には羽があったらしくてな」

「羽持ち……らしい？」

二郎の声が曇る。

祥は目を細めた。

「私は母の死後、初めてそれを知った。湯で母の遺体を清めているのを覗いたときに、背中に大きな傷があって。私はそれが何かを聞いたのだ」

——母上の、背中はどうしたの？

——お嬢様の羽の痕《あと》でございます。若君。

母の乳母《うば》が泣きながら祥に告げた。恨みを押し殺してすすり泣きながら、だ。

まさか、と言うように二郎が顔をしかめる。

そう、と祥は力なく視線を落とした。

「母が逃げぬように、父が自ら羽を斬り落としたのだ。母を恋人から奪うだけでは飽き足らず、その羽を斬り、閉じ込めて、妾《めかけ》にして子を産ませて……。しかし生まれた子は不要だ、と砂環《さかん》へ追いやった。そして、そうまでして恋着した女に、結局は逃げられた。間抜けなことだ」

あの光景を思い出すたび、冬でもないのに祥の指先は冷たくなる。目の前に母が倒れているかのような錯覚に襲われて、言いようのない苦さが胸に迫る。

「……父を覚えている陛下の重臣は、父を人格者だったと褒めそやすが……私が知る限り、一番の屑《くず》だ。迦陵頻伽《かりょうびんが》の一族は容貌は麗しく、穏やかで義に厚いなどと言われるが、あれは嘘だ。――少なくとも父は程遠い人だった」

もう声も忘れたというのに、瞼の裏、湖のほとりで倒れていた母の顔はいつでも思い浮かべることができる。

恋人だった男と指を絡ませ、ひしと身を寄せた母は、愛しい男の腕の中で事切れていた。穏やかに微笑んで。何よりも幸せそうに。

「せめて私が生まれなければ、母も少しは楽に生きられただろうに」

祥と会うときの母はいつも悲しげだった。彼女なりに愛そうとしてくれたことは知っている。愛そうとして、愛せずに、それで心も体も弱ったのだ。

「もう少し早く私が着いていれば、母を救うことができただろうか、と今でも悔やむ」

大人になる機会すら奪われた母に今なら言ってやれるのに。逃げろ、と。祥を捨てていい。父を捨てていい。愛しい男とただ、逃げろ……と。

祥が目線を上げると、二郎の薄い色の瞳とかち合う。祥は、ふ、と力を抜いて苦笑した。

「下らぬ話をした。忘れろ」

飲みすぎたせいで、しなくてもいい話をしてしまった。

「そう言われてもな。俺は顔もよければ記憶力もいいんだ」

二郎の手が伸びて、子どもにするように撫でる。

慰めるように額《ひたい》に口づけられ、そのまま鼻先も唇で慰撫《いぶ》され、そのあとを指でなぞられる。

「気安く触れるな、無礼者」

すげなく手を払うと、くつくつと無礼者は喉を鳴らした。

「迦陵頻伽《かりょうびんが》が穏やかな気質という噂は嘘のようだ。少なくともおまえは」

「……知ったような口をきくな」

む、と口を曲げると、髪に添えられていた指がごく自然に頬を撫でる。

「知りたいと思って何が悪い？」

「……知ってどうする。私に知る価値もおもしろ味《み》もない」

「俺は、知りたい」

真摯な口調に、鼓動が跳ねる。

「……んっ……ぅ」

祥に口づけて、二郎の指は頬からそのまますするすると下に移動し、親指が唇をなぞる。わずかにかさついた指の腹がゆるりと滑っていく感覚に、祥の背筋がゾクリと泡立つ。

「……はぁ……っ」

不快と快の狭間にあるような感触にどう身を処してよいのか分からず、祥は身じろぎした。触れるな、離れろと拒否するのは容易《たやす》い。だが、この先に何が得られるか、と知りたいような気持が生じたのも事実だ。近づいてくる唇を避けずにいると、首をかたむけた二郎の唇に容易《たやす》く祥のそれは奪われる。

促されて唇を薄く開くと、軽く食むようにそれをついばまれる。

「……目くらい閉じろよ、照れるだろう」

祥の息がわずかに上がったのを確認して、二郎が猫のようにぺろりと祥の下唇を舐めて、離れる。

「西域の主は、どのような顔で人を惑わすのか興味があった」

冷たく言い放つと、はは、と楽しげに目を細めた。

「お気に召されたか、天聖君？」

「――さあな。満足したのならば離れろ」

冷たく突き放すとくつくつと喉を鳴らして二郎は祥の首筋から指を放し、代わりに首筋の脈のあたりを意図的に舐めた。

「……満足どころか、味見したせいで余計に腹が減った。やはりおまえは旨そうだ」

「他人を食い物のように言うな。――おまえと寝はせぬ、と言うに」

「慰めにはなるかもしれんぞ」

「いっときの衝動で慰め合って、それで何になる？」

「我らは長いときを生きるのだ。すべてを忘れるような熱が、時には必要だろう」

浮ついた言葉とは裏腹に、やけに穏やかな表情に目を奪われる。忘れたいような何かが、このすべてを持ち合わせているかのような男にもあるのか、と祥は意外に感じた。

「ま、気長にやるさ」

懲りない発言に祥が肩をすくめて酒を煽ると、身体を離して、くすくすと二郎は笑った。

「俺がおまえだったなら、父親を殺して、その首を犬に食わせている。幼いおまえには忍耐力があった。褒めてやれ」

妙な褒められ方をして、祥は思わずゴホッとむせた。ゲホゲホとむせていると、まったく色気のない触り方で背中をばしばしと叩かれた。

「……い、犬……!?」

「鳥に突かせてもいいな！　もしくは車折《くるまざき》にするかだ。どちらにしろ、よく耐えたものだ！」

「野蛮な奴だな！」

「そうか？　西域なら確実に流血沙汰だ」

さすが気の荒い西域の主《あるじ》の感想は違う。呆気にとられた祥は二郎の真顔をまじまじと見つめてから、小さく笑った。どうも毒気を抜かれる。

「そうだな、そうしてやればよかった。なぜ、父はそうなる前に死んだのか。私が殺してやりたかったのにな……。私が恨んでいるのを知っていたから、父は私を崑崙《こんろん》へ送ったのだろうが……」

苦笑しつつ盃《さかずき》をあおる。

また月が雲に隠れた。

翌日。昼過ぎに砂環《さかん》を出て、祥は氷華を伴って馬を月湖《げっこ》まで走らせることにした。護衛が必要だろう、と二郎もついてくると言う。

見送りに来ていた若瑛《じゃくえい》と水玉に出立を簡単に告げて、ふと考えて歩みを止めた。

「水玉」

「は、はいっ……祥さ……いえ、我が君」

少女の声が上擦《うわず》る。

氷華と若瑛《じゃくえい》が何ごとかとこちらを見る。

「祥でよい。昨夜は冷たい物言いをしてすまなかったな。氷華はただ里帰りをしただけ。そなたはそれに忠義を尽くしてつき従っただけ。気に病むことは何もない」

「も、もったいないことでございます、祥様……」

少女が頭を下げて、手首の鈴を握り込む。

「そのような鈴ではなく……」

翡翠《ひすい》の腕輪を外して少女の華奢《きゃしゃ》な手首にはめてやると、水玉は息を呑んだ。

「氷華によく仕えた褒美だ」

水玉はぱっと顔を明るくし、膝をついた。

「一生……！　一生大事にいたします」

「感謝をされるほど、高価なものではない」

苦笑して、では行くかとふたりを促すとふたりともなんとも言えぬ表情をしていたのだった。

馬を走らせて数時間、月湖《げっこ》のすぐ近くの水場に到着した。ひとまず水場で馬を休ませて、自分たちも休憩するかと祥が思っていると二郎が小突いてきた。

「おい、色男。先ほどのあれはさすがにやりすぎでは？」

「……あれとは？　何が？」

わけがわからずに疑問符を浮かべていると、隣に陣取った男は若瑛《じゃくえい》が持たせてくれた昼飯を咀《そ》嚼《しゃく》し終えてから、呆《あき》れたようにこちらを見た。

「水玉」

翡翠《ひすい》の腕輪を渡したことを言っているらしい。

「おまえが……優しくしろと言っていなかったか？」

「だからといって、限度があるだろう……。あれじゃあ、この先一生おまえを待ちそうだな。罪作りな奴め」

大仰《おおぎょう》にため息をつくのでカチンときた。

「しろと言ったり、するなと言ったり！　わけのわからぬ奴だな！」

「ええ……？　俺が悪いのか？　悪いのは人の心がわからぬ天聖君様では？　無自覚と無神経は紙一重だぞ？」

自覚があるだけに、物言いに腹が立つ。

「言わずともいいことをいちいち口にするのもどうかと！　そういうところが、品がないと言うのだ」

「はあ？　名家出身の俺になんという言いがかりを……」

「出自と品性に関係がないという、よい見本だな？」

いがみ合っていると、背後でころころと笑い声がする。氷華が口元を押さえて笑っていた。

「氷華」

「あい、すみませぬ。仲がよろしいことで」

「仲は、よくないですよ」

「ふふ。ですが私も真君に賛成ですよ、祥殿。水玉は純朴なのです。あまり惑わさないでやってくださいね」

惑わしていない、と言いたいがふたりとも同じ指摘をするということはそうなのだろう。

「……善処します」

祥はそうぼやいた。

「けれど、祥が真君と交友があるとは知りませんでした」

仲はよくないし、交流もなかった。ここにこの男がいるのは成り行きだ、と言いたかったが、その経緯を話すのが難しく、祥はむっつりと黙った。

二郎は礼儀正しく応じる。

「共に陛下を支える身。親しくなるのは自然では？　可能であれば、今後は氷華殿とも親しくありたいもの。私はこれからも陛下のおそばに侍《はべ》るゆえ」

口調は丁寧だが内容は皮肉だ。あなたも皇帝のそば近くに行くのだろう、と遠回しに問うている。

氷華はゆっくりと瞬きすると、臆する様子もなく二郎をまっすぐ見た。

「逃げるな、とそうおっしゃりたいのですか？」

「ありていに言えば。私は身内ではないので、あなた様のお気持ちの心配まではしませんよ。一度、承諾されたのだ。行ってもらうしかない」

「正直な方ですね。私が嫌だと泣いて逃げたらどうするのです」

「縄で縛ってでも連れ帰る」

二郎にきっぱりと言い切られた氷華は痛そうね、とくすりと笑い、祥の隣に腰を下ろした。

「……ご心配には及びませぬ。みな、私が後宮でうまくやっていけるかと気を揉んでいるけれど、私は身に余る栄誉と感謝しています。田舎《いなか》の城主の娘が皇后になるなどと、物語でさえめったにない幸運」

真実そうだったろうか？　幸運だろうか。

――羽をもがれた氷華が、母のようにならないという確証はないのに。

表情を曇らせた祥に気づいたのか、従姉姫《いとこひめ》は顔を覗き込んできた。

「嘘は申しませぬ、祥殿。月湖《げっこ》で満月を眺めたら私は輝曜《きよう》に戻ります」

違和感を拭えない、それがなぜかはわからないが。

祥はため息をついた。

昔から頑固な人だ。思うところがあっても、言いたくなければ決して言わないだろう。

「わかりました。では月が昇るのを待ちましょう」

祥たちは無言でそれぞれ空を仰いだ。

馬をつないで小一時間もすると日が沈み、代わりに東から月が昇り始める。とりとめもない話をしつつ、その深夜。南の空の一番高い場所へ満月が到達した。

「たしかに見事な景色だな」

空に浮かぶ月が、合わせ鏡のような湖面に映っている。風がない夜だからか水面には波ひとつなく余計に幻想的だ。

氷華は目を細めて湖の近くに寄り、月を仰いだ。

祥もそれに倣って空を見上げると、きらきらとした何かが降ってくる。

「……雪？」

二郎が呆然とつぶやいた。むろん、季節は冬ではなく雪など降るわけがない。

「月花《げっか》だ。湖の周辺に自生する植物の胞子だ。満月の夜に飛んで、まるで雪が降るように舞う……」

そう言って祥は目を細めた。

——母を見つけたあの日以来、ここに来るのは意図的に避けていたが記憶のまま、いや、それ以上に美しい。

「美しい光景だ」

しばらく無言で空を仰いでいた氷華は、気が済んだのかくるりと振り返った。何を思ったか、二郎に駆け寄る。

「真君、お手を貸していただけますか？」

「なんでしょう、氷華殿」

氷華は二郎の両手を握り、小さく術を唱えた。

「なっ……！」

氷華の手から蔦《つた》が見る見るうちに伸びて二郎の手首に巻きつく。体勢を崩したところを、まるで追い打ちをかけるかのように今度は足にも巻きつく。

「なんのつもりかっ⁉」

「氷華っ⁉」

氷華は袢とは違って術を使うことができる。幻影を操《あやつ》ることも、今のように特定の植物を操《あやつ》って成長させることもできる。

二郎に巻きついた蔦《つた》はうねうねと伸びて、彼をさらに拘束する。もがく二郎に向かって氷華は申し訳なさそうに頭を下げた。

「これ以上の危害は加えませぬ。どうかしばらく我慢をしてください、真君」

二郎に語りかけた氷華は祥を見上げると、東を――都とは反対の方角を指さした。

「もうすぐ、犬を連れて崑崙《こんろん》の方がやってきます」

「……は？」

祥は目を白黒とさせた。

「崑崙《こんろん》？　まさか、一緒に逃げようと言うのですか、氷華!?　話が違う」

責める口調で問い質すと従姉は首を横に振った。

「私は祥殿に嘘はつきませぬ。私の身柄は真君が都までお連れくださるでしょう」

「では、どういう――」

ますます訳が分からぬ、と首を捻《ひね》った祥の頭上から呑気《のんき》な声が降ってきた。

「西王母の思《おぼ》し召しですよ、我が君！」

気配をまるで感じなかったことに驚いて剣に手をかける。

声の方向を見ると、大柄な男が大きな犬にまたがってこちらを見下ろしている。

「蓮!?　それに……」

祥は彼が乗る大きな犬を見つめた。

犬というよりは狼のような面構えで、その背中には数人の大人が乗れそうなほどだ。ふわふわとした白い毛並みの犬は、祥を見ると懐かしそうに尾を振った。

「小白《しょうはく》！」

名を呼んでやると鼻面を寄せてくる。

西王母がいつも騎乗している霊獣、天犬《てんけん》だ。犬の姿をしているが犬ではない。熊よりも大きく、空を飛び、百里を見渡すという大きな目を持っている。西王母のお気に入りの霊獣で、彼女は好んでこの天犬――小白に乗り、一時期は同じく西王母のお気に入りの祥が世話を引き受けていた。

「老三と昔話で盛り上がってしまいましてね……。来るのが遅れて申し訳ありませんでした、氷華殿」

氷華が目を伏せた。

自称迦陵頻伽《かりょうびんが》の男はへらへらと笑うと、よいしょ、と犬から降りた。

「これは、どういうことだ……？」

祥のつぶやきを無視して、蓮はおもしろい術だなあと氷華の作った蔦《つた》をつついた。

蔦《つた》にくるまれた二郎が唸りながらにらむのを、おお怖い、と笑って祥に向き直る。

「言いましたでしょう？　昔は崑崙《こんろん》にいたって。……つい最近西王母から秘密裏にお願いされましてね……酒を飲んでいたら水面から西王母の声がしたんですよ？　ぞっとしたな」

「願いだと？　どのようなことだ？」

渋面になりながら祥はたずねた。崑崙《こんろん》を去るときに西王母はたしかに怒っていた。『一族の都合で追い出した子どもを、またも一族の都合で連れ戻すとは！』と、控えめに言っても、激怒していたと言っていい。

「迦陵頻伽《かりょうびんが》など滅んでしまえばいい、とおっしゃっていましたよ。そしてあなた様はもはや一族とは関係ないのだからすべてを捨てて崑崙《こんろん》に戻ってこい！　と。邪魔をするならば皇帝もただではおかぬ、と。怖いですよねえ」

他人事だからだろう、にやにやと蓮は笑っている。

「迦陵頻伽《かりょうびんが》ならおまえが縁が深かろう、と西王母に言われて使いに来た次第……まあ、暇を持てましているんで、たまにこういうことをするのも悪くはないんですけど。どうします？」

祥は呆《あき》れてぽかんと口を開けたが、真剣なまなざしを向けてくる従姉に気づいて彼女に視線を向けた。

「どうして氷華まで西王母様の計画に加担しているのです？」

氷華は目を伏せた。

「……皇帝陛下に嫁ぐと決まったとき、水鏡でお祝いの言葉をいただきました。そのときに請われたのです。祥を天聖君という重圧から解き放って、崑崙《こんろん》に戻してやりたい……と」

祥は面食らってしばし言葉を捜した。

「……氷華と西王母様に……繋がりがあるとは知らなかったな」

「蔡の一族には崑崙《こんろん》に出入りしている者も多い。私も一度、西王母様にお目にかかったことはあるのです。それに、命じられたから仕方なく協力したわけではありませんよ」

「では、なぜ？」

問うと、従姉は一瞬二郎を気にしたが諦めたように口を開いた。

「――青家は叔母君を殺しました。幼いあなたを砂環《さかん》に捨てて、放置した。何度も殺そうとした。崑崙《こんろん》に追いやりもした。それなのにまた家の都合で戻される……あまりに虫の良い、理不尽な話ではありませんか」

静かな口調に反論できないのは、心のどこかで祥自身もそう思っているからだ。

「青家には昴羽殿がいらっしゃる。先代のお子が。後見が必要というならば賢く強い、玲姫様がいれば十分ではないですか。あしざまに言われてあなたが尽くす必要もない」

「昴羽は――」

言いかけて、祥は口をつぐんだ。

甥《おい》が跡継ぎとして名乗りを上げられないのには理由がある。だが、それは青家の中でも数人しか知らぬことだ。氷華相手でも言うことはできない。

「あなたが嫌だと言うならば、逃げてもいいはず。陛下の迦陵頻伽《かりょうびんが》の一族へのお怒りを案じていらっしゃるならば、西王母様が口添えはしてくださるでしょう」

蓮が肯定するようにうんうんとうなずいている。

祥は苦笑して……はあ、とため息をついた。

「あなたは、……いや、西王母様にも私はいまだに童子に見えているのだろうな」

崑崙《こんろん》に行ったばかりのころ、泣きながら一族のみんなは嫌いだ、父親が特に嫌いだ、みんないなくなってしまえばいいと泣いたのをまだ覚えているのかもしれない。

「西王母はこうもおっしゃっていましたよ。憐れな女の呪いにおまえまで巻き込まれることなどない、とね。なんのことかは私は知りませんけど」

蓮のからかうような人の悪い口調に、祥は苦く笑った。

得体の知れぬ、見透かすような目をする男だ。知りませんと言いつつ、青家に起きた忌まわしい出来事をすべて知っているのではないか、と勘繰ってしまう。

脳裏に悲痛な声が響く。

（……呪いたくなどなかったのに！　誰も！）

義母、唯月が絶望して泣き叫ぶ横顔が思い浮かぶ。

青家の不幸の原因は、彼女の呪い、彼女のせいだ。まったくその通りで祥は何も悪くない。

だが、己には関係ない、迦陵頻伽《かりょうびんが》の一族が責任を取ってくれとすべてを投げ出して崑崙《こんろん》で穏やかに暮らすことは、祥の性質上できそうもない……

瞑目し、しばしの沈黙したあと、祥は転がったままの二郎を眺めた。

「おい、黙って見ていないで助けろ」

二郎が舌打ちした。

「いや……この眺めはなかなか悪くないと思うてな。女性相手だと思って油断したな、真君。言っただろう。迦陵頻伽《かりょうびんが》は術をよく使う。気を抜いたおまえが悪い」

「……その親玉が、術をまるで使えぬのでな、失念していたんだよっ」

ぐぬぬ、と歯ぎしりしそうな勢いの二郎を祥は笑った。次に蓮をちらりと見て、それから氷華の手を取った。可憐なその両手の甲に自分の額《ひたい》を押しつける。

「提案はうれしいのですが、氷華。そこに無様《ぶざま》に転がっている男ともう一試合すると約束してしまったので……、私は都に帰らねばなりません。昴羽も玲姫も私がいないと寂しがるでしょうし」

それに……、と顔を上げた。

「私の覚悟が決まっていないことを、氷華は見抜いていたのでしょう。……たしかに望んだ地位ではありませんでした。ですが……兄から託されたことを投げ出す気はありません。責務を果たしたいと思っています」

師父である李自成が祥を送り出すときにくれた剣の柄《つか》を握る。己に恥じぬ生き方をせよ、と師父は送り出してくれた。

都で皇帝の配下として、迦陵頻伽《かりょうびんが》の長として生きると決めた以上は、たやすく揺らぐことはすまい。と改めて心中で誓う。

「氷華が一度決めたことを翻《ひるがえ》したりしないように。私もそれを覆《くつがえ》したりはできません。兄上にも誓いました。迦陵頻伽《かりょうびんが》の一族を、私が守る、と」

氷華がため息をつく。

「頑固ね」

「蔡一族の気質でしょう、姉君」

昔のようにそう呼ぶと、氷華は顔をくしゃりと歪めた。

蓮がやれやれと首を振る。

「私はお使い失敗、と報告したらいいんですかねえ。西王母にどやされるなあ」

「悪いが、とりなしてくれないか？　お詫びとご機嫌伺いに必ず行くから、と」

祥が頼むと「若き当主のおおせのままに」と蓮は拳をもう片方の手で握り込んだ。

西王母自ら頼みごとをされるほどの仙は多くない。彼の出自はますます謎だが、問いただしてものらりくらりと躱《かわ》されるだろう。

「帰りましょう、都へ」

ええ、と祥が氷華と微笑み合った足元で、不機嫌な声がする。

「……おい、話がまとまったのなら、そろそろこれをどうにかしてくれんか」

転がった二郎が眉間に皺《しわ》を寄せている。

あらいけない、と慌てて氷華が術を解いた。

痛《い》て、と手首をさすりながら二郎が半身を起こす。

「申し訳ありません。真君。さぞや痛かったでしょう？」

「痛くはないが、地面に這いつくばったのは何十年ぶりか！　お恨みしますよ、氷華殿」

口を曲げた二郎に氷華が平謝りしている。

「炎で焼き切ればよかったのではないか？」

黒蛇《ヘイシュウ》の遺体を一瞬で灰にする力を持っているのだ、氷華の蔦《つた》など簡単に焼き払えただろうに。祥の指摘に二郎は眉間に皺《しわ》を寄せ、ニヤニヤと笑って見ている蓮をにらんだ。

「そうしようと思ったが。おい、そこの爺」

「じ……爺？　私のことですかね？」

「千年も生きてりゃ爺だろう。おまえ、さっき俺に何かしたな？」

ばれましたか、と蓮が、べ、と舌を出した。

同時に二郎の指に炎が灯《とも》る。

「炎を出そうとしたが、まったく出せなかった……」

「何をおっしゃいますやら！　あなたが本気を出せば、私の術など破れたでしょうに、真君もお人が悪い」

「ふざけた野郎だな！」

腹立ちまぎれに二郎が放った炎の矢が蓮を襲うが、わあ怖い！　と笑った顔の前でそれは霧散した。

「……蓮が消したのか？」

「さあ？」

あはは、と笑って蓮は再び犬にまたがった。

「私は老三と双六《すごろく》の続き……じゃない、話の続きがありますのでね、ひと足先に戻らせていただきますよ！」

弱いくせにまた賭けごとをするのかと祥は呆《あき》れたが、蓮は上機嫌で砂環《さかん》へ帰っていく。

「どうせなら乗せていけよ！　くそ爺！」

二郎が悪態をつき、炎を出しては消して調子を確かめている。

「……道士の才能がないなどと、絶対嘘だぞ、あいつ。……何者だ？」

「たしかに先ほども現れるまで、なんの気配も感じなかったな……。まあ、師父の友人で西王母様とも親しいようだ。ただの仙ではないだろう……名のある仙は奇人……もとい、変わった方が多いから」

名を知られていない強大な仙ということもある。

視線で砂環《さかん》の方角を追いながら、おや、と祥は目を見開いた。蓮が去った方角から大きな鳥のような何かと、それに騎乗した人影が見える。満月とはいえ時刻は深夜で、はっきりとは見えないが。

「なんだ。あれは――」

三人は呆けたようにそれを眺め、夜目の利《き》く二郎が「若瑛殿《じゃくえい》？」とつぶやいて目を細めた。

少し遅れて祥にも人の輪郭が見えてくる。大きな鳥に乗っているのはたしかに若瑛《じゃくえい》と、もうひとり。男のようだが……と思って、次の瞬間ふたりともあっと声をあげた。

バサバサと鳥が大きく羽ばたき、三人の所在を確かめるように頭上で旋回すると、速度を落としてゆっくりと降りてくる。青ざめた顔で固まっている若瑛《じゃくえい》の背後にいるのは、やはり男性だった。

二郎と祥のふたりは、ほぼ同時にその場で膝をついて頭を垂れた。

「ここにいたのか、祥。それに二郎まで」

大きな鳥が三人の前にふわりと地上に着いた。

転がるようにして若瑛《じゃくえい》も祥の背後に移動して、地面に頭を埋めるかのように叩頭《こうとう》した。氷華も驚いた表情で降りてきた男性を見つめたが、三人とは違って落ち着き払った様子でわずかに目を伏せた。

「これは氷華殿。あなたはいつ見ても美しいな。月にも負けぬほどだ」

「恐れ入ります、主上《しゅじょう》」

まるで散歩に来た、とでも言いたげな軽い調子で氷華に話しかけたのはここにいるはずのない、いてはならない——皇帝、劉文護その人だった。

第五章　月光と呪いの唄が降り注ぐ／月亮唯生成詛咒歌

「恐れ多くも、今上陛下御《おん》自ら都の外においでになるなど！　ありえません。聞いていますか、文護兄上！　しかも少数で動くなど。……御身《おんみ》に何かあったらどうなさるおつもりなのです！」

皇帝、劉文護と共に一行は砂環《さかん》の若瑛《じゃくえい》の屋敷に戻った。青ざめた若瑛《じゃくえい》に貴賓室《きひんしつ》に通され、文護はさながら我が部屋のごとく寛いで主賓の席に座っている。

文護の背後には屈強な体つきのよく似た男性が二名、責め立てる二郎と同じような顔をして立っていた。文護と付き合いの長い二郎曰く「文護兄上の盾と矛《ほこ》」らしい。彼らは二郎の言葉に、いちいちもっともだと言いたげにうなずいている。

劉文護は霊獣を飼っている。百里を数刻で飛ぶ怪鳥だ。

先ほど彼が乗っていたのはその鳥で、砂環《さかん》まで「ふらりと遊びに来た」のだと言う。

若瑛《じゃくえい》自らが注いで恐る恐る差し出した茶を、皇帝は軽く礼を言って受け取った。

「祥の具合が悪いと聞いたので都の屋敷に見舞いに行ったのだ。玲姫に祥の場所を聞いたが答えがもらえず、回復するまで時間がかかると言われてな……」

矛先を向けられて祥が押し黙る。

「文宣にも聞いたところ、こちらで療養しているというので見舞いに参った。元気そうで何より」

祥は脳裏に純朴な護衛を思い浮かべて、頭を叩いた。文宣は兄の麾下《きか》でもあったから皇帝とは顔見知りである。皇帝の尋問に文宣が嘘をつけるわけもなく——

「おい、祥。そんな口の軽い野郎は解雇しろ、解雇」

「善処する……」

舌打ちする二郎に、小さく同意してから祥は文護に頭を下げた。

「故郷の水が癒してくれましたので、今はもうなんの心配もございません。主上《しゅじょう》」

祥は渋面で応じた。

「主上《しゅじょう》の御自らの御見舞いは身に余る光栄でございますが……。わざわざお越しにならずともよかったのではありませぬか？　今、このときも都がどれだけ混乱しているか」

「天聖君の忠言の通りです！　疾《と》く帰還なさいませ」

ふたりの言葉にうんざりと文護は頬杖をついた。どう見ても、拗ねている。

「どうしてこうもおまえは口うるさくなったかな、二郎！　数日政務に穴を開けただけで、混乱などするものか。そういうおまえこそ亮賢に全部丸投げして、ここにいるではないか」

「政務のことではありません！　私の替えなどいくらでもいますが、あなた様の代わりはいない。御身《おんみ》を危険に近づけることはならぬ、と言うておるのです！」

やれやれと肩をすくめた文護は茶を卓に置いて二郎を見上げた。

「そのように悲しいことを言うな、弟よ。おまえの代わりなどどこにもおらぬ」

しんみりとした口調に二郎が口を曲げた。

「き、……機嫌を取っても、騙されませんよ」

そう言いつつも、二郎の口の端がちょっと動いた。うれしさを隠しきれていないのが祥にも見て取れる。

『西域の主《あるじ》は今上に心酔している』という噂はチラリと耳にしたことがあったが、あながち嘘ではないらしい。……初めて会った日にやたらと絡まれたのは、嫉妬だったのか、と悟って腹が立つ。とばっちりもいいところだ。

「それで？　療養のために祥と氷華殿が砂環《さかん》に来たことはわかった。二郎、なぜおまえもここにいる？」

これには、二郎が口ごもる。祥は文護に視線を戻した。

「道中で狼藉者《ろうぜきもの》に襲われたところを助けてもらいました。そのあと、どうしても我が領地を見たいと言うので、断る気力もなくそのまま」

微妙に当たらずとも遠からずな理由に二郎は適当に相槌を打ち、文護は興味深そうに目を輝かせた。

「迦陵頻伽《かりょうびんが》の領地を、二郎が、か？　何ゆえだ？」

祥の心にふといたずら心がわく。

「さあ？　真君はいまだ正妃がおられぬようで、せっかくなら我が迦陵頻伽《かりょうびんが》の美しい娘と縁づいてはどうか、と話が盛り上がりましたので。我が一族の娘を見初めにおいでになったのやも……」

言っておらんぞ、と二郎がボソリとつぶやいたが無視をする。

文護が一瞬、どうしてだか難しい顔になったが、祥の視線に気づくと、彼はすぐに穏やかな表情で軽口を叩いた。

「それはよい。――だが二郎、めとるのならば我が一族の娘にせよ。容姿では迦陵頻伽《かりょうびんが》に勝てぬかもしれぬが、みな賢く気立てがいいぞ？」

「おやめください、兄上。天聖君の戯言《ざれごと》でございますゆえ、本気になさらないでください。私の跡目は甥《おい》が継ぎます。私は独り身が気楽です」

困った様子の二郎に、祥は心中で溜飲を下げる。

そのとき、部屋の入口あたりでかすかに笑う声がする。軽やかな笑い声に振り返れば、氷華が微笑んでいた。

「迦陵頻伽《かりょうびんが》の女だとて賢くないわけではございませんよ。主上《しゅじょう》」

氷華が正装をして現れた。それまでひと言も発していなかった若瑛《じゃくえい》が「よしてください、姉上……」とうめいたが氷華は臆することなく満面の笑みで続けた。つい先程まで、天聖君に逃げようとそのかしていた気配は微塵《みじん》も感じさせない。

「それに、気立てもよいかと存じます」

文護は氷華に相好《そうごう》を崩した。

「……そなたが心映えまで美しいことは知っている」

「わざわざ私の見舞いにいらしてくださるとは、光栄のいたりでございます」

「そなたに何かあっては困る。人生を共にする女人だからな」

文護がにこ、と微笑むと、その言葉をに氷華はふわりと柔らかな笑みを浮かべる。

文護は端整な顔立ちだが、神族の中にあっては際立って美男ではない。しかし、昔から女性には好意を抱かれることが多かったらしい。その理由がわかるなと祥は感心した。

「氷華殿が賢いというならば、囲碁《いご》の相手でもしてもらおうかな、得意か？」

「はい。先代ともよく打ちました」

仲紘のことだ。懐かしい名前を出されたからか、文護が微笑む。

「それはよい。ならば一局。勝てばなんでも欲しいものをやろう。ねだりごとでもかまわぬぞ」

「ありがとうございます」

「このまま砂環《さかん》に留まりたいと願うならば、それでもよい」

さらりと言われた言葉に場が凍りついたが、当のふたりは落ち着いた様子で向かい合っている。

これを言うためにわざわざ砂環《さかん》まで来たわけか、と祥は内心で舌を巻く。

「まさか！　早く皇都に帰りたいと思っております……ねだりごとが許されるのならば、お願いが」

「なんだろうか」

「私が勝ったら、先ほどの鳥に乗ってみとうございます。一緒に都へ連れて帰っていただけますか？」

「いいとも。だが、わざとは負けてやらぬ。氷華殿が勝てば、だ」

「はい」

ぱち、ぱちと石が軽快な音を立てる。盤面をじっと眺めた文護が嘆息した。

「……あれともよく囲碁《いご》を打った。勝敗は五分五分でな……」

兄のことだろう、と祥は目を伏せた。

「私の行く末を憂い、一族を守りたいと願いながらも道なかばで死んだ。私情で悪いが、あれの代わりに迦陵頻伽《かりょうびんが》の一族も守っていきたい。できれば氷華殿と一緒に、だ。力を貸してはくれぬだろうか」

氷華は微笑み、優美な仕草《しぐさ》で指に石を挟むと、パチリ、と盤上に置いた。

◆

「結局は文護兄上が、いいところを全部持っていってないか？」

頭上を旋回する怪鳥を見送りつつ、地上で二朗がため息をついた。

囲碁《いご》は始め一局は氷華が勝ち、次は負けた。文護は「続きは皇宮でやろう」と誘い、氷華は承りましたと微笑んだ……

そうして、結局は文護が彼女を連れて都に帰っていった。

「気を揉んだのが馬鹿馬鹿しい……」

二郎はぼやき、祥は肩をすくめた。

「丸く収まったのだから、私は安堵している。――おまえを巻き込んだのは悪かったが」

同行しよう、との祥と二郎の申し出は『男ばかりの道行など何が楽しいのか』とピシャリと断られた。護衛がいるとはいえ、婚姻前の男女をふたりきりにさせて大丈夫かと一抹の不安を抱いたが、皇帝にそれを指摘するわけにもいくまい。水鏡で玲姫と汝秀にふたりが帰還する旨を報告すると、目に見えて玲姫は安堵した。

祥も明日には砂環《さかん》を発《た》ち、都へ戻る。

水玉も祥と一緒に都に一緒に戻りたいと申し出たが、若瑛《じゃくえい》が護衛と共にあとで送り届けることになった。可憐な侍女は残念そうにしていたが殊勝に聞き入れてくれたので、祥は内心ほっとする。

「玲姫様のために砂環《さかん》の茶を摘んで参ります。どうかお届けくださいませ」

可憐な侍女はそう言って、早朝から出かけていった。砂環《さかん》は岩山に囲まれているが、白い岩の間に茶の木が生えている箇所がある。一年中とれる珍しい種類で、玲姫はこの茶が好きだった。

「私は都に戻ったらすぐに屋敷に行くが。おまえはどうする？　西域に行くのか」

昼まで熟睡して起き上がり、手持ち無沙汰そうにしている二郎に聞けば、彼は呆《あき》れた。

「おまえ、自分の厄介ごとを忘れているだろう」

「厄介ごと？」

「……黒蛇《ヘイシゥ》」

ゆっくりと言われて、ああ、と祥は間抜けな声をあげた。すっかり忘れていた。

「呑気《のんき》な奴だな」

二郎は頬杖をつく。

「たしかに黒蛇《ヘイシゥ》の連中よりおまえは強い。殺すのは骨が折れそうだが、毎日命を狙われる生活は嫌だろう？　一日中気を張っているのも疲れる」

やけに実感がこもった言葉だ。

祥は首を捻《ひね》った。

「私だとて何かしら策を講じたいが、向こうから接触してこない以上は手の打ちようがない。帰途であの子どもが会いにきたら捕まえて、頭目の元にでも案内させるかな……。私はともかく、氷華への狙いは取り下げさせねばならない」

「そこは心配いらないんじゃないか？　主上《しゅじょう》がわざわざ氷華殿を迎えにきたからには公《おおやけ》に護衛もつく。ふたりで怪鳥に乗って都へ帰れば、迦陵頻伽《かりょうびんが》の娘が皇后になるのは本当か、と瞬く間に噂になる。趙親子は悪辣だが、馬鹿ではない。明らかに自分たちが疑われる状況で暗殺はせぬだろう」

二郎は言いきった。

「趙親子が依頼した、と確信があるのだな」

「俺はあの女を直《じか》に知っているからな。傍げな風情の毒婦。……俺は皇太子の母君もあの女が殺したのではと疑っている。証拠など何も残っていないが、前の晩まで健康でいた方が目覚めれば死んでいるなど……ないことではないが。それでも疑わしい。そもそもあの一族はみな、悪党だ」

「それは言いすぎだろう」

趙家は名門。資金も武力も潤沢にあり、政《まつりごと》に関わる者も多い。

名門なのをよいことに何の功もないのに席を準備されたような者もチラホラ思い浮かぶ。有能無能にかかわらず、みな権力を好む性質なのは間違いない。

氷華は後宮でもうまくやるだろうが、後見者が百戦練磨《ひゃくせんれんま》の趙家の面々と祥では、心強さに雲泥の差がありそうだ。あらためて祥は従姉に申し訳なく思った。

皇宮から逃げてしまいたいと思っていた祥の本心――自分でも自覚はなかったが――を氷華に悟られていたのだったら申し訳ない。

「まあ、都に帰ったら一度趙貴妃に会ってみるかな。どういう方かはよく知らぬが」

無関係か、それを装うか、敵意を隠しもしないのか、距離感くらいは知っておきたい。

二郎がうえ、と顔を歪めた。

「ふたりきりになるのはやめておけ。襲われるぞ」

「は？」

「文護兄上が即位される前、輿入《こしい》れしたあの女に挨拶に行ったことがある。兄上が不在の宴であまりに女主人のように振る舞うので、諫言《かんげん》したら……ふたりきりになった途端、金切声をあげて、俺に襲われそうになったと讒言《ざんげん》してきた」

祥は目を丸くした。

「襲ったのか！」

「そんなわけがあるかっ！　兄上の妃だぞ？」

「……前科があるからな」

祥が半眼になると、二郎は黙った。祥に働いた狼藉《ろうぜき》を悪かったとは思っているらしい。

予定外に文護が戻ってきて、その場はうまく収めたらしいが。

「私の勘違いでした、などと空々しいことを言っていたが」

苦々しげな二郎の横顔を、ふむ、と眺める。

「趙貴妃の気持ちもわからないわけではない。……成人した親戚の男が、兄上兄上と尻尾を振って夫にまとわりつくんだ。単におまえが嫌われているんじゃないのか？」

「まとわりついてなど！　……まあ、それはともかく性根の腐った女だ……。主上《しゅじょう》は寵愛なさるが……」

呼び方が兄上から主上《しゅじょう》に戻ったなと気づいたがそこは慈悲の心で、指摘しないでおいてやる。

二郎はため息をついた。

「しかしな、貴妃は貴妃で……主上《しゅじょう》には惚れているらしい。冷遇したら趙貴妃も暴走するだろうから、それはいいんだが。まあ、気をつけておけよ」

わかった、と。祥はうなずいた。

そのとき、部屋の外がにわかに騒がしくなる。バタバタと走る侍女たちが、侵入者が……少年が……と囁き合っているのが聞こえた。

「如何《いかが》した？」祥が部屋の外に出て使用人を呼び止める。その……と女は言いよどむ。

「そなたから聞いたとは言わぬので教えてほしい」

祥の言葉に、女は重い口を開いた。

「門のそばに、黒ずくめの、ぼろぼろの少年がいるというのです。迦陵頻伽《かりょうびんが》の娘のものだという、その……指を持って」

「娘？」

おうむ返しに口にしながら、すぅと血の気が引いていく。

基本的に砂環《さかん》に住む迦陵頻伽《かりょうびんが》は岩山を出ない。攫《さら》われる危険があるからだ。

だが、皇都に行った者は危機感が薄れる。都では迦陵頻伽《かりょうびんが》の一族は宰相である天聖君の身内だから、みなが親切にしてくれるからだ。

つい数刻前に別れた少女を思い浮かべて、祥は絶句してその場で固まった。

（玲姫様のために砂環《さかん》の茶を摘んで参ります。どうかお届けくださいませ）

――水玉！

二郎も同じことを想像したらしい。青ざめた祥の代わりに侍女にたずねた。

「現れたのは俺の見知った子どもやもしれぬ。どこにいる？」

「若瑛《じゃくえい》様のお部屋に……」

そうか、と二郎は相槌を打って、おい、と祥の背中を小突く。

「大丈夫か。息をしろ」

はっと顔を上げると、二郎が鋭くこちらを見ていた。

「事態を把握する前にあれこれ想像するなよ。考えても仕方がない。行くぞ」

「……わかっている」

息を吐いて心を落ち着けて若瑛《じゃくえい》の部屋に行くと、そこには予測した通りの顔があった。部屋の中にはなぜか蓮もいて、あーあ、と言いたげな顔で若瑛《じゃくえい》の前に引きずり出された黒髪の痩せた少年を見ている。

少年の背後に控えた兵ふたりは、怒りを抑えられぬ様子で剣の柄《つか》に手をかけていた。

「若瑛《じゃくえい》」

祥が従兄の名を呼ぶと、彼は苦い表情でこちらを見る。

「この少年が岩山の下で、大声で叫んでいたのです。伝言がある。あなた様を連れてこい、と」

若瑛《じゃくえい》の言葉を待っていたかのように少年が顔を上げた。泣き出す前の子どものような顔で、少年は黒い瞳をこちらに向けた。

「夏喃」

名を呼ぶと少年は唇をかみしめた。殴られた痕《あと》か右の頬がひどく鬱血している。衣服の間から覗く首にも何やらアザがある。眉をしかめると、若瑛《じゃくえい》が「殴ったのは私どもではありません。最初からこうなのです」と言った。

「……殴ってやりたいし、なんなら今すぐ斬り捨ててやりたいくらいですが」

吐き捨てたのは祥とも顔見知りの一族の男だった。よせ、と若瑛《じゃくえい》が窘める。

神族の大人たちに囲まれた少年は震える両手を祥に差し出す。手巾に大事そうに包まれた塊《かたまり》は、昨日、水玉に下賜《かし》したばかりの翡翠《ひすい》の腕輪だった。その横に白い何か棒があるのに目を止めて、半瞬。祥は唇を噛んだ。

……指だ。女の、小指。

誰のものかなどと聞くのもはばかられる。

「むごいことを」

夏喃が意を決したように口を開く。

「主《あるじ》は天聖君と真君を、ここから南に下った山にお招きしたいとおおせです。おふたりで来い、と」

「行かぬと言えば？」

二郎の突き放した物言いに、少年は目を伏せて答えた。

「毎日一本ずつ指を届けると。最後には首を。ふたり以外が来ればすぐに女を殺すと」

「貴様！」

兵が夏喃の肩を床に押しつける。

「よせ」

祥が静止すると、男は渋々手を放す。若瑛《じゃくえい》が弱弱しく首を振った。

「ご放念ください、我が君。このような者の言うことなど……。水玉は私たちが助けますゆえ、どうか都へお帰りに」

祥はしばらく瞑目し、夏喃と目線を合わせるために膝をついた。

「水玉はおまえに何か言っていたか？」

少年は逡巡《しゅんじゅん》のあとに、言葉を選びつつ答えた。声が震えている。

「……来なくていい、って」

私のことはお捨ておきください、水玉ならばそう言うだろう。

「若瑛《じゃくえい》」

祥は立ち上がって振り返らずに従兄の名を呼んだ。

「はい」

「あとは頼んだ。私は明日、予定通り都へ戻る……これ以上、留守にするわけにはいかぬからな」

若瑛《じゃくえい》はうなずいたが、夏喃の背後に控えていた兵ふたりはあからさまに落胆している。

視界の端で二郎がこちらを見ているのに気づいたが、無視する。顔を上げれば、やけに楽しそうな表情を浮かべた蓮と目が合ったが、祥はこちらから視線を逸らした。

気まずい沈黙を破ったのは、少年の叫び声だった。

「……っ、見捨てるのかよっ！　あんたの恋人じゃないのかよ！　あんなか弱い女を人質に取られてあっさり捨てるのか！　そんな奴が王の鳥だなんて、皇帝のそばに控えているなんて、それでいいのかっ！」

祥はため息をつき、乾いた声で少年に反論した。

「水玉はただの侍女だ。翡翠《ひすい》の腕輪を渡したのは褒美を取らせたにすぎない……それを、おまえたちに勘違いされるとは。本当に不幸な娘だ。憐れだな……」

夏喃が言葉を失う。

「その少年を牢に」

祥が命じると、兵たちはうなずいて少年をひっつかんだ。

「くそ野郎！　おまえたちなんかくそだ！　死んでしまえっ！　呪われろっ！」

「呪いならとっくに受けている」

夏喃の言葉に祥は己にだけ聞こえる声音で、独り言ちた。

部屋の中には若瑛《じゃくえい》と祥、それから二郎が残される。物見遊山にきた風情の蓮は「おもしろそう」

と笑って、夏喃と一緒に地下牢に行ってしまった。

「何か言いたいことがあるか、煬二郎」

じっとこちらを窺う二郎に問えば、ゆるく首を振った。

「いいや、別段。侍女ひとりと天聖君の価値は釣り合わん。あのガキが勘違いしたように彼女がおまえの恋人だって言うのならともかく、な。まあ、おまえに失望はしたが。水玉を助けると言わないのか」

「言わぬ」

祥は淡々と答えたが、若瑛《じゃくえい》が目を剥く。

「そのような物言い、無礼でしょう！」

二郎は若瑛《じゃくえい》の非難は無視して、祥に背を向けた。

「無礼者はさっさとここを出ることにするか！　天聖君。都でまたお会いしましょう。若瑛《じゃくえい》殿、馬を一頭お譲りいただけるかな。さすがに徒歩では帰りがたい」

「ああ」

さっさと部屋を出ていった二郎の気配を背中で感じて、祥は目を閉じた。

「我が君。あのような無礼を言わせたままにしておいてよろしかったのですか！」

「仕方がない。身内を見捨てる当主に我慢がならんのだろう。真君は身内への情が深いと聞くし。……少し疲れた。私は部屋に戻る。ひとりにしてくれ」

若瑛《じゃくえい》は気遣わしげに祥を見たが諦めたように拱手《きょうしゅ》しておやすみなさいませ、と吐息のようなか細い声で挨拶した。水玉を助けに行く、と祥が言うことを若瑛《じゃくえい》も内心は期待していたに違いない。だが、それを口にして祥が水玉のもとに行けば、若瑛《じゃくえい》は絶対ついてくるだろう。蔡一族の直系男子は若瑛《じゃくえい》ひとり。替えが利《き》かないのは祥ではなく、実のところは彼のほうだ。祥は寝台に身を投げ出して、目を閉じた。


夜半。満月の次の日だからまだ、夜は明るい。

祥は身支度を整えて、ひそやかに部屋を抜け出すと地下牢へ向かう。音もないまま見張りの兵を昏倒させると、房に近づいた。

地下牢の隅で膝を抱えて丸くなっていた少年が気配に気づいて柳眉《りゅうび》を逆立てる。

「……おまえっ」

「しっ、声を出すな」

祥は若瑛《じゃくえい》の部屋からこっそりくすねてきた鍵で扉を開けると、夏喃を引きずり出した。

「騒ぐなよ」

「……な、何をしに来たんだ」

視線が剣に行くところを見ると、殺されると思ったのだろう。祥はふっ、と苦笑して子猫のようにこちらを警戒している夏喃の拘束具を解く。

「無論、水玉を助けに行く。案内せよ、夏喃。おまえが案内人なのだろう？　とりあえずここを出るぞ」

少年はぽかんと馬鹿みたいに口を大きく開ける。構わずに先導して歩くと、少年は慌ててあとをついてきた。

「な、なんで。水玉はただの侍女だから見捨てるんじゃなかったのかよ」

「あそこで行くと言えば、若瑛《じゃくえい》も兵たちも一緒に行くと言うだろう。それはまずい」

「……て、天聖君と侍女の命じゃ釣り合わない、って……言って……」

祥は立ち止まって振り返った。

「命に貴賤などない。価値で言うならば私よりも水玉のほうが死ねば泣く者が多い。しかも水玉は私が腕輪などを軽々しく押しつけたせいで災難に遭ったのだ。私が助けるべきだろう。違うか？」

夏喃は呆気にとられた顔をしたが、黙って祥についてきた。

屋敷を抜け、夏喃を乗せて馬を走らせ、砂環《さかん》の端までたどり着くと馬を乗り捨てる。そこから出口までは徒歩だ。無言でうしろをついてくる夏喃に祥はたずねた。

「おまえのその傷は誰にやられた？」

少年は沈黙したが、もう一度たずねると「仲間」と小さく答えた。

暗い洞窟を抜けると、空に浮かぶのは真円からわずかに質量を減らした不完全な月。

「仲間、か。おまえのような年端もいかぬ子どもを人殺しに引きずり込む奴らが？」

いささか皮肉を込めて言えば、少年は全身の毛を逆立てながら言った。

「悪いかよ！　俺に……!!　魔族の血を引く俺に、都で手を差し伸べてくれたのは頭目だけだった！　だからっ……」

「人殺しに手を貸すのか？」

「違う！　俺たちは人殺しなんかじゃない！　この世を立て直すために仕方なく手を汚しているんだ。黒蛇《ヘイシゥ》が狙うのは、私腹を肥やす奴らだけで……！　俺たちみたいに罪もないのに暮らしを奪われる奴らのために、正しいことをしているんだ！　だから、だから……っ」

少年は拳を握り込んだが、次第に声から力が失われていく。その場でへたり込んで顔を覆った。

「……あの子を、襲うなんて思わなかったんだ……。やめろって言っても、誰も聞いてくれなくて……指を……泣き叫んでいた……」

夏喃は止めようとして、折檻を受けたのだろう、と祥は痛ましく少年を見つめた。迷いつつも、目の前で消沈する少年の頭を撫でる。少年は捨てられた猫のようにびくりと首をすくめたが、固まったままおとなしくその手を享受した。

「水玉を助けようとしてくれたのだな。礼を言う……」

「見ていただけだ……俺は、ただ……」

「もうよい、わかった」

「わかるもんか。……あんたやあの男みたいな恵まれた奴らに……」

夏喃はおそらく人間と魔族の混血だ。そうであれば、十数歳に見える見た目と、生きてきた年数そのものに大きな乖離はないだろう。甥《おい》の昴羽よりもずっと幼い。

「恵まれた人間、ね。小僧、それは違うぞ。あいにくそこの男も俺も人間じゃない。神族だ」

苦しそうに夏喃が顔を歪めたのと、呑気《のんき》な声が頭上から聞こえてきたのは同時だった。祥と夏喃が同じ方向を向くと、タンっ、と軽い音を立てて岩壁から男が着地する。

「しかし、人殺しに大義名分が必要なのは軍人も暗殺稼業も一緒だなあ、兄弟」

男の薄い茶色の瞳は、月光の下で角度によっては金色に見える。

「……二郎!?」

「世の中のために人殺しをするような奴らが、可憐な娘を人質にして、ご丁寧に指まで送りつけてくるとは、いい趣味だ」

「なぜ、ここにいる。一足先に都に帰ったのではなかったのか?」

祥が目を白黒させていると、西域の主《あるじ》は肩をすくめた。

「言っただろう、おまえの剣は独特の気配がする、と。それを追って来たのだ」

「方法を聞いているのではない！　……なんのためにここにいるのかと聞いているのだ！」

二郎はフンと鼻を鳴らした。

「先ほどの問いをもう一度口にしてやろうか、青祥。『水玉を助けると言わないのか？』」

祥はうっ、と言葉に詰まった。

「……言えるはずもないよな。あそこでおまえが水玉を助けに行くと本音を言えば、あの馬鹿真面目《まじめ》な従兄殿はついてきそうだものなあ？」

「……なぜ、気づいた」

祥がそっぽを向く。あのなあ、二郎はちっと舌打ちした。

「わからいでか。おまえは演技が下手すぎる！」

「……無情な私に呆《あき》れて、失望して、都に戻ったのかと……」

てっきり、呆《あき》れ果てて見捨てられたのだろうと思っていた。そう仕向けたのは自分ではあるが、重苦しい気持ちでいたというのに……。祥の戸惑いを二郎は一笑に付す。

「呆《あき》れてはいるぞ。おまえが、あからさまに傷ついた顔をしていたのに、あそこにいた連中が、このガキも含めて騙されることが不思議でならん……」

祥の表情はわかりづらいと言われる。いつも冷たい表情だと。身内でさえ。崑崙《こんろん》の仲間や氷華と玲姫、汝秀を除けば気づかないだろう……。それを見抜くおまえは何なのだ、と聞きそうになりじっと見つめると、二郎は人好きのする笑顔でニッと笑った。

「頭目のところに行くんだろう？　付き合ってやるよ」

祥はいいや、と首を振った。

「助力は正直に言えば、ありがたいが。……西域の主《あるじ》を身内のことに巻き込むわけにはいかぬ。行くのは私ひとりで十分だ。おまえは帰れ」

「――天下の宰相が何を言うかな。それに黒蛇《ヘイシュウ》の頭目は、俺たちふたりに会いたがっているのだろう？　せっかくの招待には応えてやらねば」

なぜか偉そうにふんぞり返った二郎は、ニッと邪悪な顔で笑った。

「それにいい加減、目の前を黒蛇《ヘイシュウ》たちににょろにょろとうろつかれるのもうっとうしい。潰すぞ。細切れに切り裂いて、全員消し炭にしてやる」

この言葉には祥が呆《あき》れた。表情も言葉も邪悪そのものだ。

「なんだ、闘《や》り合う自信がないのか天聖君？」

祥は半眼になって己の剣の柄《つか》に手をかけた。

「愚かな質問をするな、煬二郎。私を誰だと思っているのだ」

言葉にこそしないが、祥も腹が立っている。

己はいい。兄の跡を継ぐと決めたからには侮辱も、命を狙われることも覚悟はできている。だが無関係な、ましてや弱い者を巻き込むのは許さない。

「夏喃。おまえたちの頭目のいる場所にはどれくらいかかる？」

「馬で行けば一昼夜くらい……」

祥が来るまで、指を一本ずつ送りつける、と言われたのを思い出して祥は眉間に皺《しわ》を寄せた。これ以上水玉が痛めつけられるのは避けたい。

二郎は腕組みしながら岩山を仰いで叫んだ。

「ちょうど馬より速そうなのを持っていた奴がいるだろ。おい、爺！　のんびり眺めているんじゃない」

「ばれましたか」

二郎の声に誘われて、ひょい、と金色の髪をした自称道士が飛び出してきた。

「さすがさすが、真君は気配に聡《さと》くておられますな」

小馬鹿にした口調に、二郎は片方の眉を器用に跳ね上げた。

「隠すつもりもないくせに、よく言う。おまえの気配は何やらうるさい。本当は何者なんだ？」

「ですから、迦陵頻伽《かりょうびんが》の一族出身で崑崙《こんろん》の末席にいる、しがない仙ですってば」

「……怪しいな」

チッと舌打ちした二郎は蓮に向かって手を差し出した。

「まあいい、貴様の正体などどうでもいい。おい、仙人。この前の宿で飲み食いした金は俺が出したんだ。いますぐ耳をそろえて返せ」

「は？」

予想だにしていなかったのか、蓮は間抜けな声をあげた。

「誰が奢《おご》ってやるといった？　俺の倍は飲み食いしやがって……今すぐ耳をそろえて返せ。返せないというならば代わりに犬をよこせ」

げっ、と蓮は口を歪めた。犬、という単語に祥もそうだった、と手を打つ。

「小白を呼んでくれるか？　小白ならばすぐに飛んでいけるだろう」

「えええ……。西王母の天犬《かいいぬ》ですよ！　盗賊の根城なんかに連れていって、怪我《けが》をでもさせたらどうするんですか？」

「怪我《けが》はさせぬ。すぐに戻す」

「本当かなあ」

「ごたごた言わずに犬か金をよこせ」

「貴人が破落戸《ごろつき》みたいなことを言わないでくださいよ……」

蓮はぼやきながら印を結んだ。ポンッと音を立てて宙から白い犬を召喚する。どこに隠していたのだ、と追及したい気持ちはあるが今はそのような暇も惜しい。

祥は小白を撫でつつ蓮に聞いた。

「確かに、借り受ける。若瑛《じゃくえい》に伝言を頼めるか、蓮。水玉を無事に連れ帰るゆえ、心配せずに待っていろと」

「おおせのままに、ご当主」

恭《うやうや》しく拝命した蓮は拱手《きょうしゅ》した手の向こうから人の悪い笑みを浮かべ、楽しそうに祥を見上げた。

「……十日経っても戻ってこなかったら、おふたりとも死んだと思っていいですか？」

あまりの言い草に祥の隣にいた夏喃がぎょっとして蓮を見た。祥は涼しい顔で受け流す。

「かまわん。さて、小白」

祥の顔を見て行儀よく伏せをした小白の背に乗る。二郎もそれに倣い、夏喃も恐る恐る従う。不思議そうに小白が夏喃を見たので少年はその場で固まった。

「おまえの腕輪は西王母様からいただいたものだからな。気配がするのだろう。それに小白は子どもが好きなのだ」

少年はなんともいえない表情で腕輪を見て、居住まいを正す。

「行くぞ、小白」

祥の声でふわりと霊獣は浮いた。

夏喃の案内する方角へ小白が飛べば数刻も経たないうちに目的の場所へ着く。近くの岩陰に降り立って、祥は小白の首を撫でた。

「三人も乗せてもらってすまなかったな」

(かまわない。祥は別に重くない)

「しゃべ……」

「言葉がわかるのか!?」

二郎と夏喃が同じような仕草《しぐさ》で驚いているのを見て、小白はぷいっと横を向いた。

(オレ、神獣……言葉ぐらいわかる)

「気位が高いので、知らぬ者には口を利《き》かぬだけだ」

（怪しい奴とはシャベラナイ）

「誰が怪しい奴だ？　この小僧か？」

「あんただろ……」

夏喃の指摘を肯定するかのようにふんす、と鼻を鳴らした小白に二郎は、ひく、と口の端を上げた。

「小白。今から娘をひとり連れてくるから、おまえはここで待っていてくれ。その娘を乗せて一足先に砂環《さかん》に戻ってほしい」

（祥は？）

「……私は用を済ませてから、戻る」

霊獣は嫌そうに首を振ったが、祥が繰り返し頼むと、渋々うなずいた。

三人が歩き出してもじっとこっちを見て動かないままでいる。祥の子ども時代を知っている小白としては心配なのだろうな、と苦笑してもう一度手を振ると、霊獣は尻尾を振ってそれに応えた。

「この崖を降りたら、小さな集落がある。頭目はそこにいる……」

夏喃が指をさす。

昇り始めた陽光に照らされて、少年の指の爪がいくつかはがされて赤黒い傷になっているのに祥は目を留めた。黒蛇《ヘイシゥ》の一味に拷問された痕《あと》なのだろう。

「水玉はどこにいる？」

「俺がいたときは、東の棟の奥に……」

今もそこにいるかはわからないが、足を運ぶしかないだろう。

「私と二郎は頭目に会いに行く。夏喃、おまえは早々にここから立ち去るがいい」

途方に暮れた顔で少年は祥を見つめた。

「だけど、頭目のところまで……案内を……」

「場所はもうわかった。これ以上おまえが残っても仕方がない。私たちがおまえの仲間を殲滅《せんめつ》するのを見たいわけではないだろう？　かといって、黒蛇《ヘイシゥ》に戻れば殺される――」

夏喃はおずおずと口を開いた。

「……水玉、さんが……ひどい目に遭ったのは俺のせいだから、俺もせめて何か……」

「足手まといだ」

祥がぴしゃりと言えば少年はうつむく。

言いすぎたかと思いつつも事実は事実だ。どうも言葉の選択を間違えたな、と祥が眉間に皺《しわ》を寄せて考え込んでいると、二郎が何を思ったか懐から短剣を抜いて少年に放り投げる。

「……加勢をさせる気ではあるまいな？」

耳元で囁くと、二郎は一瞬祥に笑いかけてから夏喃を見た。

「……ガキに頼るほど困ってはおらん。おい、小僧。夏喃といったか？　水玉を助けるために少しでも役に立ちたいと思うのならば、俺の言うことを聞け」

「……どんな？」

「ここから南に半日下ったところにある季和《きわ》という街に行け。今の時期、あの街の一番大きな屋敷には焔公がいるはずだ。煬二郎が盗賊討伐のために助力を請うていると言ってその剣を示せば加勢してくれるだろう。あいつからもらったものだ」

夏喃は飾りけのない短剣を眺める。

「だが、よくよく考えるんだな。俺たちを手伝えばおまえは黒蛇《ヘイシゥ》にとって裏切り者だ。今日で壊滅させるつもりだが……生き残りがいないとも限らん。そうすればおまえも今後狙われるぞ。それが嫌ならその短剣を売ってどこへでも逃げろ。幸いおまえの腕に刺青《いれずみ》はない。出自を隠してやり直せ。西域にたずねてくれれば、食い扶持《ぶち》ぐらいは世話してやる」

少年はまっすぐに二郎を見た。

「焔公にお伝えします」

少年はきっぱりと告げると迷うことなく南へ走っていった。足が速い。

祥は夏喃の背に視線を定めたまま隣に立つ二郎に問うた。

「焔皓也《えんこうや》とは親しいのか」

「それなりに。ひとつ貸しがあってな。あの短剣を持った奴が焔公のもとにたずねてきたときは、理由を問わず保護してくれる手はずになっている。面倒な性格だが約束は守る男だ。ガキのひとりくらいは保護してくれるだろう」

だといいが、と祥は先ほど夏喃の頭を撫でた手を見た。涙ぐむ顔が甥《おい》と重なって切なくなる。子どもは庇護されるもの。それを否応なく巻き込むのが黒蛇《ヘイシゥ》の流儀ならば……それは祥にとっては唾《だ》棄《き》すべきものだ。

「さて、行くか」

「……ああ」

ふたりを照らす太陽はもう東の空を出て、すっかり夜は明けている。

奇襲というのは通常、夜半に仕掛けるものだろうが、相手が魔族交じりの集団であればその限りではない。むしろ夜のほうが相手に利する。

「どう忍び込む？」

横目で聞けば、二郎はニヤリと犬歯を覗かせて悪辣な顔で笑った。

「招かれたのだ、堂々と正面から行けばいい」

顔のあたりで開いては閉じ、を繰り返した二郎の指の先に火が灯《とも》る。

「焼き尽くすのは水玉を助けたあとだな。東棟と言っていたが……どこにいるかわかるか？」

気配に聡《さと》い、と言っていた二郎は祥に向かって手を差し出した。

「おまえと水玉殿に血縁は？」

「多少は……あれの母も蔡一族の出身だからな」

「ならばちょうどいい。手を貸せ。探る」

武骨な指が有無を言わせずに祥の手を握る。

なんの意図もないのだろうが、祥の背中がぞくりとざわついた。目を閉じた二郎が、祥の額《ひたい》に手を当てる。心臓をわしづかみにされたような不快と快が入り混じったような感覚が胃の腑《ふ》からせり上がってくる。

なんなのだろう。なんだというのだろうか。

初めて会った夜から彼に触れられると逃げたいような、そうでないような、おかしな感覚が体に走る。

「……っ」

小さくうめくと二郎が顔を上げた。

「東じゃないな。真ん中のほうだ……どうした？」

祥は、ぱしりと手を払う。知らず火照った頰を気取《けど》られるのが嫌でふいと横を向く。

「なんでもない。……人の気配がわかるというのは何かと便利な能力だと思ってな」

「勝手に居場所を探るな、と大抵は嫌がられるが。戦場ではおおいに役に立った。……行くぞ」

ふたりして気配を殺して二郎が指さした建物へ近づく。入口前に帯剣していた男ふたりに近づいて後頭部を殴りつけ、瞬く間に昏倒させる。

「こちらだ」

足音を忍ばせて人気《ひとけ》がまばらな建物を、見張りの目をかいくぐって地下へ降りていく。そして、薄暗い物置のような場所で二郎は足を止めた。

鉄の扉に鍵がかかっているのを見て二郎が舌打ちする。

「蹴破るか、焼き切るか？」

「いや、私が開ける」

普段は剣の柄《つか》の部分に潜ませている針金を祥は取り出した。これも崑崙《こんろん》を出る際に兄弟子がくれたものだ。一見ただの針金に見えるがどんな形状にも形を変えて、柔らかいのに決して折れることがない。鍵穴に差し込んで動かすと十数秒でガチャリと錠は解けた。

二郎が目を丸くした。

「これは……特技だな！」

「子どものころは義母に折檻されてよく閉じ込められていたからな。自衛のために覚えた」

「……それはまた……」

なんともいえない顔で二郎がうめき、祥は口の端を上げつつ針金を柄《つか》に戻した。

「今ここで、役に立ったのだから、よしとするさ」

物置の奥に、水玉は無造作に倒れていた。衣服や髪に目立った乱れはないが、右手には乱雑に布が巻かれていて顔色は青白い。

「……水玉」

近づいて抱きかかえると、侍女はぼんやりと薄目を開けて、次の瞬間怯えて悲鳴をあげようとする。

「しっ」

祥が口を塞ぐと、誰が来たのか気づいたようで歓喜に目を潤ませ、次いで申し訳なさからか、はらはらと涙を流した。

「わ、我が君……な、なぜ来られたのです……このようなところに……」

「傷に障《さわ》る。無理に喋るな。……おまえがいなくなっては氷華が悲しむから助けに来ただけだ。あまり恩を感じずともよい」

水玉はぎゅ、と唇を噛んだ。

「……申し訳ありませぬ」

「さあ、帰るぞ」

ここまで順調すぎる救出劇に違和感と緊張感を覚えつつも、祥は彼女を背負った。そして誰に見つかることもなく建物を出て――

「伏せろっ！」

二郎の言葉に水玉をかばいながら祥は身を伏せたのと同時に、あちこちで爆発音が起こる。

祥は剣を抜いて地上に突き立てた。

「二郎っ……！」

「俺はいいっ！　己の身を守れっ！」

祥はわかったと叫んで剣の背後に身を置いた。

この剣は剣聖からもらったもの——大抵の異能を弾く。二郎と祥を襲った爆風はおそらく誰かの異能であったらしい。爆風が治まるのを待って目を見開くと、もわもわとあたりを覆っていた土煙が地面に落ちて、視界がゆっくりと明らかになっていく。

黒い服に身を包んだ男たちが数十人、武器を携えてこちらを見ている。

黒蛇《ヘイシゥ》。

「雑魚が雁首《がんくび》そろえて結構なことだ」

二郎がケホ、と咳をしながら剣を抜いた。爆風で弾き飛ばされた建物のがれきが当たったのか頬から血が滴《したた》っている。

祥は周囲に気を配りつつ、指をくわえてピィと口笛を鳴らした。近くに控えていたのだろう。たいして間を置かずに頭上に大きな犬——小白が現れた。

矢を射ようとした男を視界の端にとらえて、祥は石を拾って男のほうへ投げる。正確に眉間に当たると、ぎゃ、と蛙がつぶれたような声を出して男はうずくまった。

「よく聞け！　黒蛇《ヘイシゥ》の郎党《ろうとう》よ。あれは西王母様の天犬だ——崑崙《こんろん》を敵に回したくなければ手を出すなよ」

祥から思わぬ名前を聞いたからか、無言のまま男たちが固まる。

天聖君を敵に回したところで所詮は俗世の話。たとえここで祥が死んだとしても西王母は嘆きはするだろうが、黒蛇《ヘイシウ》やその背後にいる誰かに復讐はすまい。

だが、明確に西王母の所有物である小白に傷をつければそれは彼女への危害になる。

男たちは一斉に武器を降ろした。黒蛇《ヘイシウ》も神仙まで敵には回したくないらしい、と祥は内心安堵の息を吐く。

「小白。水玉を砂環《さかん》まで送り届けてくれるか？」

（祥は？　一緒に戻らないのか）

小白の言葉に首を振り、祥は剣を抜いて男たちに向き直った。

「片づけてから追いかける。気が向いたらでいい、迎えに来てくれ」

仕方ないと言いたげに小白は尾を振った。

水玉が悲鳴をあげた。

「わ、我が君……！　どうかご一緒に……」

おまえがいては足手まといだ、と言いかけるが、それは先ほど夏喃相手に失敗したのだった、と思い直して祥はため息をついた。

「少しはおまえの主《あるじ》の腕を信用してくれ。真君もいるのだ。烏合《うごう》の衆《しゅう》には負けはせぬ。さあ、行け」

祥が促すと、なかば攫《さら》うような勢いで小白は少女を乗せて、瞬く間に空へ昇っていく。

黒蛇《ヘイシウ》の面々は水玉たちを静かに見送っている。その顔には焦燥もない。

——不気味な奴らだ。と思う。

先日も思ったが個々の意思がないような、無機質な統一感を感じる。訓練された皇宮の衛士でさえもう少し個々の印象があるだろう。

彼らに向き直りつつ剣の柄《つか》に手をかける。どこから来る、と気配を警戒したところ、真ん中の男たちの背後がゆらりと奇妙な動きで揺れた。

「天聖君というのは狐の別名かしら。主上の名を借りたかと思えば、今度は西王母の名前を出して私たちを脅すのだもの」

聞こえてきたのは柔らかな声だった。若い女の声。

黒蛇《ヘイシュ》の頭目は女だったのか、と意外な心地で声の主を見て祥と二郎は同時にあっと声をあげた。

「……おまえ……」

その人物は大きな蛇の上に乗っていた。

黒光りする鱗が朝の光を弾いてきらきらと光る。大きな蛇はやけにつぶらな瞳で、赤い舌をちろちろと覗かせる。

小柄な女は黒い袖で口元を押さえてうふふ、と笑う。

つい先日、宿屋で別れた人間の——そう思い込んでいた——若い娘が艶っぽく微笑んでいた。

「旦那たち、私が作った昼ごはん、食べてくれました？」

女が「お行き」と命じると、数人の黒ずくめの男たちが次々に斬りかかってくる。お互いを背にして祥と二郎は剣を抜いた。

奇声をあげながら大きく振りかぶってきた男を胴薙《な》ぎにして、刀で上から下へ斬り裂く。瞬く間に倒れた数人はわずかに痙攣《けいれん》して地面で動かなくなった。

「おふたりとも、お強いのね！」

部下の死を悲しむ様子はまったく見せず、女は笑った。二郎は舌打ちする。

「村を出たあと、ずいぶん早く追いつかれたとは思ったんだ……なんてことはない。頭目が行く先を知っていたんだ。何とも間抜けなことだ」

「……その通りだが、今、それを言う必要があるのか？」

二郎は渋面になり、祥もうんざりと首を横に振った。

悔しいことに油断して、まったく気づかなかった。

「小姐。昼飯はうまかった。あのとき毒でも入れていればよかったのに。わざわざ呼び出して殺そうとするとは、ずいぶんとまどろっこしい真似をするんだな」

うふふ、と女が笑うと、呼応するように女が乗った大蛇がずるずると動いた。

「おふたりは夏喃を見逃がしてくれたんですねえ？　お優しくていらっしゃる」

「……なんのことだ。おまえの遣わした使者なら斬って捨てたが」

ころころと鈴を転がす声で女は笑った。

「駄目ですよ、嘘ついちゃ。夏喃が見逃してもらってどこかに走り去る背中を、私も遠くからちゃあんと見ていましたからね。そうだろうとは思っていたけれど、子どもに甘いのね！」

女は楽しそうに笑い、それにつられたかのように次々に黒蛇《ヘイシゥ》が襲いかかってくる。

振りかぶられた刀を受け止めながら、祥はギリッと奥歯を噛んだ。技量はさほどではないが、ひと太刀が重い。およそ人間の力とは思えない……！

黒蛇《ヘイシゥ》と斬り合うふたりを女が笑った。

「真君も天聖君も人がいいもの。商売女に同情して、宿屋の主人に金を渡して今夜は商売をさせるな、だなんて……。おかしくて笑いを堪えるのに必死でしたよ、真君！　あなたが純白の夜を買ったとしても、翌日には女はまた春をひさぐのに」

女のあざけりを聞き流しながら、黒蛇《ヘイシゥ》を斬っては捨てを繰り返す。しかし、いくら斬ってもねじ伏せても恐怖というものを感じないのか、男たちは次から次へと襲いかかってくる。

「……チッ、きりがない！」

「この者たちは、何か妙だ……」

祥は男たちをじっと見つめた。

膂力《りょりょく》もそうだが、普通、仲間がここまで一方的に斬られてしまえば、恐怖心が伝播《でんぱ》するはずだ。だが、逃げ出す様子は一切見せずに次から次へと向かってくる。恐れを知らぬ屈強な戦士たちと言えばそうだが……あまりに……

祥は女が乗った黒い蛇を見つめた。次いで、襲いかかってくる黒蛇《ヘイシゥ》の男たちの右手の蛇を見る。同じ位置、同じ模様が彫られている。

「死ねっ」

襲いかかってきた男の右手に描かれた蛇を縦に裂くようにして刃先を滑らせる。

男は絶叫し腕を押さえた。そして、我に返ったように恐怖に眼を見開いて逃げ出そうとする。蛇に乗った女は不快げに逃げた男を指すと、その背中を別の仲間が斬り、彼は絶命した。

「おい！　ぼけっとするな！」

背後の敵を蹴り飛ばして二郎が叫ぶ。祥はむす、としながら二郎をにらみつけた。

「考えごとをしていただけだ」

「戦闘中に余裕だな？　それで、何を考えていた？」

「おそらく、あの刺青《いれずみ》は呪《しゅ》だ」

「呪《しゅ》？」

「崑崙《こんろん》にいたときに同じような術を見たことがある。普通、呪いは紙や形代《かたしろ》に書くが、肉体に刻むこともある」

「すると、どうなる？」

二郎がたずね、襲いかかってきた男を転がしてから、祥は答えた。

「術が永続的に続く。同じ部位に同じ模様、命の危機なのに逃げることをしない者たち。人並はずれた膂力《りょりょく》。夏喃の右手にはまだ何も描かれていなかった。だから自分の意思で、南へ行けたのだろう。……操《あやつ》られているとまでは言わないが……あれはおそらく誓約だ。あの女の命令を聞くという」

その誓約の代わりに強い力を与えられている――

なるほど、と二郎は剣を握り直した。

「それでさっきの男の右手を切り裂いてみたわけか」

「そうだ」

結果、呪《しゅ》が解けた男は恐怖に駆られて逃げた。

「試す価値はありそうだなっ！」

「ぎゃあああああっ」

二郎が振り向きざま黒蛇《ヘイシゥ》の男の右手を狙う。すると、男は倒れてうずくまり、我に返ったかのように、怖気づいて逃げる。

「おまえの予測もあながちハズレではない……術が使えぬとはいえ、崑崙《こんろん》での修行はすべて無駄だったわけではないらしい」

「ひと言多いっ！」

ひとりずつ対処したところで男たちは次から次へ襲いかかってくる。

「まどろっこしいな！」

苛立たしげに吐き捨てた二郎は、右手で印を結んで炎を出す。

「いっぺんに焼いてやる！」

ごう、と音が聞こえて指の先から炎が舞い踊る。炎は風に踊る緋色の布のように華麗に舞い、正確に男たちの右腕を狙って、大半の者が避けられずに叫び声をあげた。

右手を押さえてうずくまる者、それでもかまわずに襲いかかってくる者、できる限りは殺さぬように薙《な》ぎ倒しながら二郎は声をはりあげた。

「おいっ！　このままだとおまえたちは全員死ぬぞっ！　無駄な足掻きはやめろ！　そこな女」

「なんでしょう、旦那？」

劣勢に焦るでもなく、事態を悠然と見守っていた女は二郎の問いかけに朗《ほが》らかに答えた。

「……あの晩、名前を聞き損ねた。おまえは名をなんという」

「アハ、律儀な方。そうですねえ、女禍とでも名乗りましょうか」

女禍は天帝と、この大地を作った女神。

さらりと創生の女神の名前を口にするあたりが不遜だ。

「女禍。もはや皇后になるべきお方はここを去った。おまえが祥を狙っても、もはや無駄だ！　手を引け」

女禍はくすくすと笑った。

「依頼はふたつあったんですよ。皇后候補とそれを補佐する邪魔な男を殺してほしいという依頼。これは取り下げられました。いと高き方まで出てこられたから、怖気づいたんでしょうねえ」

「取り下げられた？　ならばなぜ、私をまだつけ狙う？　こんなまどろっこしいことをして」

女禍は祥を指さした。

「もうひとつあるって言ったでしょう？　ひとりだけ呪いを逃れた青祥を殺してほしいと、あなたのお身内から、あなたにだけ向けられた依頼もあるのです」

「……」

呪い、の言葉に祥は固まる。

「ただ働きに近い金額での依頼でしたから、取りやめにしてもよかったんですけど、あなたのご一族があまりにかわいそうだから、慈悲をもってあなたを殺してあげようかと。ふふ、きっとお兄様もあの世からあなたを手招いていらっしゃるわ」

「呪い？　なんのことだ」

二郎が困惑しているのを見て、女禍は歌うように囁いた。

「教えてあげますよ、旦那。真君。そこにおわす天聖君のご家族、迦陵頻伽《かりょうびんが》の当主一族は、先代の妃《きさき》だった女人の呪いを受けた……。夫の妻を殺すために、優れた術者だった彼女は自分を生贄《いけにえ》にしてね。対価は己の命……」

「やめよ」

「己だけでは足りず、自分の血を引く息子や孫も贄として捧げて……」

「やめよと言っているっ！」

祥が女禍に斬りかかるが、彼女は自分の乗っていた大蛇を霧散させて逃げた。途端に襲いかかってくる男たちの右手を狙って避けながら、祥は女を捜す。

トン、と軽い足音で地上に舞い降りた女はせせら笑いながら言った。

「あなたの義母の唯月様は、優れた異能をお持ちだった。夫を奪ったあなたの母を呪い殺すことに見事、成功しましたねえ！」

「黙れ」

剣で女を斬るが、女は霞のように霧散して、また別の場所に移動しただけだった。

「幻影か」

あたりの黒蛇《ヘイシュウ》を転がして二郎が剣を振る。血が地面に飛び散るが、刀身には傷ひとつない。

「……女禍。おまえは本当に魔族混じりの人間か？」

「どういう意味です？」

「人間混じりにしては異能が強すぎる。黒蛇《ヘイシュウ》はあくまで魔族の血を引く人間の集まりのはず」

「あら、強いだなんて。褒めてくださるの？」

「……おまえは……純血の魔族か？」

魔族とは南に住まう異能の一族。ひとりひとりが桁外れに強い異能を持つ。人間とも交流があるから、魔族の血を引く人間は少なくない。人の世から爪弾きにされた人間が集まってできたのが黒蛇《ヘイシュウ》という暗殺集団、そうだと思っていた。

女禍はにこり、と微笑んだが答えなかった。だが、それは肯定と同義だ。

「純血の魔族がなぜここにいる？　……黒蛇《ヘイシゥ》は、人の世に生きていけぬ魔族混じりたちの受け皿ではなかったのか」

「先代の時代はそうでしたよ。先代が亡くなって、私は黒蛇《ヘイシゥ》をまるごともらいました」

女が呪《しゅ》を唱えた。すると、途端に生き残った黒蛇《ヘイシゥ》の男たちが苦悶の表情を浮かべてその場に膝をついて叫んでいる。

「……ッ、なんだ……？」

「あなたはお人よしなだけではなく、なんと愚かなのでしょうか、真君。天聖君をここまでお誘いしたのはね、さっきも言ったように本当に気まぐれなんです。言わば、本懐を遂げるための餌のようなもの。真君、あなたはお人よしだから――憐れな天聖君を見捨てられず、ついてきてくれると信じていましたよ」

「どういう……！」

「あなたも対象なのですよ、真君。いいえ、どちらかと言えばあなたのほうが本命なのです！」

女は、タン、と再び地面に降りた。

祥が眉根を寄せる。

「おい、煬二郎。おまえはどこで恨みを買った？　女か、酒か、暴力か？　それとも日頃の行いか？」

「……品行方正すぎて。心当たりがまるでないなっ！」

ごうと音を立てて女禍を中心に強い風が吹く。女禍の黒い袖が陽炎《かげろう》のように揺らいで、彼女の足下に伸び、同時に足下の影も伸びていく。

「グアアアアア!!」

「アアアアアアアっ!!」

黒蛇《ヘイシゥ》の男たちが苦悶の表情を浮かべて絶叫する。目から、口から血を流し、首元をかきむしって次から次へと倒れていく。痙攣《けいれん》した男たちがやがて動かなくなるのを見て、祥と二郎は絶句した。

「何をしている、自分の……仲間だろう!」

叫ぶ祥に女はニィと紅い唇をで弧を描く。

「仲間ではないですよ。私は先代から黒蛇《ヘイシゥ》をもらっただけ。もらったからには使ってやらなきゃ!」

「……使う?」

女が片手を天に向けて突き上げると呼応するように、男たちの身体からゆらゆらと黒い靄《もや》が次々と出てくる。

「私はね、式神を使うんです。だけどこの蛇にはたいした力がなくて。とてもではないけれどあなた方を殺すなんてできない。だから」

女が高々と右手をあげると、黒い靄《もや》が女の右手に吸い寄せられていく。

「生贄《いけにえ》を捧げて、もっと大きいものを召喚《よ》びます」

女が呪《しゅ》を唱えるのに従って、晴れていた空に暗雲が立ち込める。女を中心に風が渦巻く。

「なんッ……なのだ」

「伏せろッ」

二郎に頭を押さえつけられて、祥は爆風をやりすごす。

女の高笑いと砂煙が収まった先に現れた大きな影。

――黒く長い毛で全身を覆われた、虎のようにも見えるそれは長い尾を打ちならし、ぐあ、とうめいた。獣の身体に不自然に縫いつけられているのは大蛇のような鱗を持つ尾、点々と模様のように浮かぶのは、苦悶の表情を浮かべた老いた人間の顔。

今しがた女に殺された男のような……、とあたりを見回して祥はぞっと自分の腕をさすった。

女禍に殺されて死んだはずの男たちの遺体がどこにもない。跡形もなく消え去っている。

「生贄《いけにえ》に。本当に生贄《いけにえ》として捧げたのかっ……！」

「短い人の命が私の役に立ったんですもの。感謝してほしいくらいよ」

女は怪物に動揺する神族ふたりを眺めて満足そうに笑い、怪物の喉を撫でた。涎がしたたる口内には鋭い牙がある。

「いきなさい。喉笛を噛み切るのよ」

瞬間、視界から獣が消えた。

「チッ!!」

何かが突如として目の前に現れ、祥が叫ぶ。咄嗟に剣を前に出したのは無意識だ。高い金属音——剣と爪がぶつかった音——が響いてそのまま後方に飛ばされ、岩壁に背中を叩きつけられる。

「ぐはッ！」

衝撃で膝をついたところへまた爪が降りかかる……とき、右から引っ張られた。上を見ると、苦々しげな顔をした二郎がいた。助けてくれたらしい。

「すまぬ。……これも借りか？」

骨までは折れていないようだ、と痛みに顔を歪めつつ謝ると二郎は首を横に振った。

「いや、俺がおまえに借りができた。——助力するつもりが……どうやら俺の厄介ごとに巻き込んだらしい。……俺がひきつけている間に逃げられるか？　狙いが俺ならば、おまえをここで死なすわけにはいかぬ」

祥は呆《あき》れた。この期に及んで何を言うのか。

「女禍が言っていただろう。どっちにしろ、あいつにとっては私も暗殺対象なのだ。逃げたところで追ってくる。ここでふたりして死ぬか、相手を殺すか、だ」

「……さすがにここで俺とおまえが死んだら、皇都は大騒ぎだろうな」

「縁起でもないことを……」

軽口を叩き合う間にも、怪物がじりじりと間合いを詰めてくる。

ここで死ぬのはごめんだな、と祥はため息をついた。

——覚悟を決めるしかない。

「二郎、おまえは炎を出してあの怪物を燃やせるか」

「できるが。効くかな」

「では、あの怪物を燃やせ。炎にてこずっている間に私が切り裂く」

「馬鹿を言え。おまえまで燃える」

「私は燃えない。——私に術は効かぬからな。誰のものであっても」

異能が介在する物理的な危害や毒はともかく、他者の異能そのものは祥に効かない。そういう体質だ。

二郎は信じられぬというように祥を見たが、臨戦態勢の怪物を見て、舌打ちして指で印を結んだ。

「死ぬなよっ！」

「おまえが、だ！」

叫びと共に大きな炎の塊《かたまり》が怪物を包む。

女禍が笑う。

「それには炎は効きませんよっ！　地底の生き物なんだからッ!!」

女の言う通り、炎の中、痛みで喘ぐというよりもむずがるように大きな身体を捻《ひね》っている怪物の頭めがけて祥は跳んだ。炎がまとわりつくが、異能による炎は祥の皮膚を傷つけない。

首のあたりに着地した祥を、怨みのこもった死者の黒い目がにらむ。もがき苦しんで死んだ男たちの顔を思い浮かべながら、首に刃先をつきつける。

「──今、楽にしてやるッ」

肉を断つ嫌な感覚がして、剣聖から譲られた宝刀はやすやすと怪物の硬い皮膚を貫いた。

祥が剣を引き抜くと、断末魔の咆哮《ほうこう》をあげる。

「やった……か？」

祥がほっと息をついたとき。

「祥、左だッ！」

二郎の声で気配に気づいて慌てて祥は身体を逸らすが、鞭のようにしなる長い尾に頭を打たれて、地面に叩きつけられた。

「……つぅ……」

ぼたぼたと血を流しながらも怪物が近づいてくる。痛みを感じないのか、軽い足取りで近づいて来た怪物は祥の前で口を大きく開け、ギャッギャッと猿のような耳障りな笑い声を立てる。

耳まで裂けた口が祥の頭を噛み砕こうとするのを二郎の炎が退ける。

「首を、刺した。なのに動けるのか、あれは……」

怪物から繰り出される爪をかろうじて逃れた祥が息も絶え絶えに言うと、二郎は実に嫌そうに剣をかまえて、それに対峙した。

「……地底の魔物だと言っていたな。遺体を捧げて召喚するのだ。もともと死肉なのかもしれん……！　であれば痛みなど感じないだろう」

そうだ、とでもいうように怪物が叫ぶ。咆哮《ほうこう》と共に突進してくるのを左右に分かれてに躱《かわ》し、痛みで動きが鈍い祥をかばいながら二郎は剣を振りかざす。

怪物は大きな図体に似つかわしくない俊敏な動きで、二郎の頭に爪をかけ、勢いのまま岩壁に激突させた。

「――二郎ッ！」

強く頭を打ったのか出血したまま動かない男を見て、祥が叫ぶ。駆け寄ろうとするが、女が阻む。

「旦那はこっちですよ。ふふ、真君を殺して、あなたも殺したとあれば、我が君はたいそうお喜びになるでしょう」

「……ッ。おまえは、どこの……誰だ？　誰の思惑で動いている……」

剣をかまえれば胸がきしむ。ひびが入っているだろうな、と思いつつもできる限り表情に出さないようにして聞くと、女は首を横に振った。

「教えてあげませんよ。でも、そうね。我が君は殺すよりも、あなたを欲しがるかもしれない。だってこんなにきれい……まるで作り物みたい……」

氷のように冷たい女の指が頬を撫でる。

「足を切ってどこにも行かぬようにして――。そうしたら、毎晩可愛がってくださるかも」

舌なめずりをするその表情に、ぞっと背筋が寒くなる。

「慰み者になるくらいならば、死ぬ」

女の手を払って再び剣をかまえる。次の瞬間。

「ぐああああああああああああああ」

背後から断末魔の叫びが聞こえた。女禍と祥がびくり、と肩を震わせたのは、その声があまりに悲痛で、しかも人のものではなかったからだ。

「何……!?」

「二郎……!?」

声のしたほうを同時に見たふたりは、同じように凍りついた。

怪物がまっぷたつに裂かれて、大きく痙攣《けいれん》している。

「馬鹿な……」

呆然と女禍がつぶやく。

「おい、勝手を言うな蛇女。そこの鳥は俺と先約がある。可愛がるのは俺が先だ」

頭からひどく出血しながら、こちらをにらむ男がいた。

「……勝手なこと言うな、痴《し》れ者め」

生きていたことに安堵した祥は二郎の顔を見て、次の瞬間、固まった。

怪物の爪で、ざっくりと裂かれた額《ひたい》から肉と骨が覗いている。大丈夫かと声をかけようとして、ぎょっと動きを止めた。傷口がぎょろぎょろと動いて、祥はその場で息を呑み、女禍も青ざめた。

動いたのは傷ではない。肉でも、骨でもない。そこにあるのは。

第三の目。皇帝の証。

龍眼《りゅうがん》。――今は皇族のすべてから失われた、この皇国の主である証……！

「……おまえ、二郎、それ……その瞳は……」

「せっかく封じていたものを……！　見たからには生かして返さぬ。ここで死ね」

怯える女に、二郎が小さく舌打ちし憤怒の表情で迫る。

どちらが悪役かわからんな、と祥は思って我に返った。

龍眼《りゅうがん》を持つ者は、天帝にも匹敵するような強い異能を持つ。だから怪物をやすやすと殺せたわけだ。

「じ、冗談じゃない！　誰が龍眼《りゅうがん》持ちなんかとやり合うもんかっ！」

「動くな」

逃げ出そうとした女に二郎が鋭く命じる。糸が切れた人形のようにガクンと膝から崩れ落ちた女はその場で這いつくばった。

二郎の刃が無慈悲に女を斜めに斬り裂く。

「――殺す」

「待て、二郎！　その女からは聞かねばならんことがある、殺すな」

誰が二郎を殺そうとしたのか、祥の暗殺を依頼した身内は誰か。

二郎が一瞬動きを止め、その隙を好機ととらえたのか、女は空に向かって吼《ほ》えた。獣のような咆《ほう》哮《こう》で、地面が大きく揺れる。

「我が君ッ、我が君！　どうかご照覧あれっ‼　私は任を果たしまする！　我が命と共にこ奴らを葬ってみせますっ‼」

「何……っ」

「岩が……！」

大地が揺れ、地面が崩れ落ちていく。吸い込まれるように、二郎も祥も下へ、下へと落ちていく。

祥、と叫んだ二郎が己を強くかき抱いた。

やけにゆっくりと風景が動いていく最中、二郎と目が合う。双眸だけでなく、額《ひたい》の金色の龍眼《りゅうがん》が、こちらをひたりと見据えている。


（見つけた）


二郎の声のような、もっと違う誰かのような。何かに祥は名前を呼ばれて、恍惚として目を閉じた。落下する間ずっと名前を呼ばれている。

（王の鳥よ。見つけた）

（俺のものだ。俺の……）

強い衝撃と共に落下が止まる。伸ばされた手に力強く引き寄せられる。

祥と二郎は暗闇の底で、意識を手放した。

◆

祥が目を覚ましたとき、あたりは一面真っ白だった。

空も地面もすべて白。境すらないのか、だだっ広い空間の中でぽつりと、ひとり捨ておかれている。

「ここは、どこだ……？　私は……？」

今まで誰といて、何をしていたのか、まったくわからない。

崑崙《こんろん》にいたはずだ、と思う。師父の使いで数年ぶりに町へ降りて買い物をしたその帰路だった……。いいや、そうではない。兄の具合が悪いからと、急遽皇都に呼び出されたその途中……。

それも違う、と思い直して首を振る。

自分は死んだ兄から天聖君の責務を継いだ。氷華が消えて。そして砂環《さかん》に来て……徐々に状況を思い出してきて、祥はあたりを見渡した。

――二郎！

「……二郎、生きているか……？」

痛む身を起こして祥が気配がするほうへたずねても答えはなかった。何か灯りになるもの、と思って常に懐に入れている輝石を岩壁に擦って火を起こす。あたりを照らすと、血まみれでうめいている男がそこにいた。

「……おい、二郎……」

動くと胸が軋むが、骨は折れてはいない。

頭上を仰げば遥か遠くに太陽の光がある。地形的に、先ほどまでいた場所の下がこのような空洞になっているとは考えづらいが、と思ってため息をついた。

あの女が怪物を召喚したときに、何かしたのかもしれない。

祥はチチチと口寄せを繰り返すと、何匹も鳥が飛んできた。

ぜいぜいと喘鳴《ぜんめい》を繰り返す二郎の胸を撫でる。祥が動ける程度の傷で済んだのは、咄嗟にこの男が祥を抱き込んで衝撃から身を守ってくれたからだ。

「何がお人よし、だ。おまえのほうがよほどだ……」

祥の周囲を、可憐で小さな鳥たちが心配そうに小さな足で肩に止まり、ぴょんぴょんと飛ぶ。

祥は袖を小さく斬り裂くと己の血で文字を書いた。

「若瑛《じゃくえい》か。もしくは迦陵頻伽《かりょうびんが》か……。そうだな、焔公の使いはまだ来ていないか……？　誰でもいい。ここに私たちがいると知らせてくれるか？」

ぴぃ、と小鳥たちは承諾の代わりに鳴いて、はるか頭上の太陽めがけて飛び立っていく。

祥に仙術の才能はないが、小鳥と意思の疎通ができる。

「おまえは、馬鹿にして笑ったが、私の特技もなかなか悪くはないだろう……」

答えのない二郎の額《ひたい》に手を添えつつ、はあ、と祥は嘆息した。

「あのときは言わなかったが、私にはもうひとつ特技があってな……」

痛みをこらえながら瀕死の二郎のそばに寄って、袖で汚れた顔を拭いてやる。両の瞳は閉じられていて、額《ひたい》に現れた龍眼《りゅうがん》だけがぼんやりと祥を見ている。

「……龍眼《りゅうがん》は尊いものだと教えられてきたが、さほどではないな。おまえのいつもの目のほうがよほどいい」

二郎の息は速く、ゼェゼェと嫌な音を立てている。肺がつぶれたかもしれない。

「……私などかばうからだ、阿呆め」

祥は目を閉じて、意図をもって二郎に口づけた。吐息を彼に吹き込む。むずがるように避けるのを頬をつかんで、逃さない。

「……う……」

「嫌がるな」

鉄の味がする。血だ。

骨が腑《ふ》に刺さっているのかもしれない。そう思いつつも、深く息を吸って彼に吹き込むのを繰り返す。体中から汗が滲む。

次第に二郎の呼吸は穏やかになり頬に赤みが差し、反比例するように祥の手足は冷えていく。

「……いい顔ばかりして、死ぬのは許さぬぞ……とく、起きよ……」

はあ、と息を吹き込むと、小さく二郎がうめいた。喘鳴《ぜんめい》はいつの間にか消えている。うまくいくかが不安だったが、どうやらなんとかなりそうだ。

祥のもうひとつの異能は他者の傷を癒す力だ。ただし、己の生気を削《けず》って。

「……祥？」

かすれ声で問われて、祥は安堵のあまり男の腕の中に倒れ込んだ。もはやここまでが限界だ。あとは誰かが運よく祥が小鳥へ託した伝言に気づいて、見つけてくれるのを待つしかない。

「……ここは……」

二郎は、祥を抱きしめたまま、はるか頭上の小さな空を見上げる。

「ああ。あの女……、地形を変えやがったのか」

夢うつつのような口調でつぶやくのを聞いて祥は声なくそうだ、とつぶやいた。

ほの暗い空間でふたりは見つめ合った。

輝石の灯りに照らされて二郎の金色の瞳が揺れる。

「……祥？」

窺うような口調に顔を上げると、冷たい手で頬を包まれた。

「……よかった、生きている」

安堵する声と共に、ねだるように口づけられては、抗う気力も術《すべ》も祥にはない。まだ、彼は夢の中にいるのかもしれない。

ゆるゆると唇をついばまれて、祥が切なく吐息を漏らすと、二郎の舌が侵入してきた。確かめるように口の中を蹂躙《じゅうりん》される。息遣いと小さな水音がひめやかに響く。

「……甘い……」

「馬鹿を言え、……血の味だ」

息継ぎを許されて祥がぼやくと、二郎はまだ焦点の定まっていない瞳で祥を見つめ、額《ひたい》を祥の額《ひたい》に押しつけた。

「でも、甘い……。どうしてだ」

「知るものか……放せ、無礼者め……」

「いやだ。これは俺のものだ……俺の……」

「勝手を言うな」

唇をついばまれて息が荒くなるのは、先ほどまでのように傷がうずくからではない。触れられた箇所から体の痛みが嘘のように消えていく。別の熱を感じるのはなぜだ、と思って祥は何かに浮かされたまま、自分を見下ろす男の額《ひたい》の瞳を見ていた。

「龍眼《りゅうがん》……」

喘ぐように言えば、金色のそれが祥を無慈悲に見つめて地面に縫いつける。腹の底がぞくりと熱くなって、中心が湿る。

皇帝の証。王の証。そして、鳥の主《あるじ》の証。

その視界に己がいる歓喜で、心が震える。

「ああ……」

触れられたそばから熱と快感が広がって、たまらずに祥は鳴き声をあげた。

お互いどちらともなく身体を引き寄せて襤褸《らんる》のようになった衣服を脱ぎ棄てていく。

触れた先から痛みが引いていく。

引いていくどころか、別の熱が生まれて頭頂からつま先まで痺れたような感覚があり、己の境目が曖昧《あいまい》になっていく。

触れ合う肌はどこもかしこも絹のように滑らかでやさしく、すり合わせるだけでどちらの喉からもくぐもった声がこらえきれずにこぼれ落ちる。

断ち切れぬ繋がりがあるのだ――と。

いつか聞いた話を思い出す。

皇帝が王の鳥である迦陵頻伽《かりょうびんが》を手放せなかったのは、お互いに魂で触れ合うからだ、と。その歓喜を互いに手放せず互いに溺れたからだ、と。

二郎が触れた肌から熱を、快感を、幸福を分け合って、倍増させる。

ぐちゅ、と卑猥な音がして祥は背中をしならせた。

二郎の手が祥の下腹部に触れてあやすように陰茎に触れている。身をくねらせて逃げを打つと逃さぬというように背中に反対の手を回された。

「――ッ……う」

呆気なく達した祥を組み敷いて、嫌がる祥を引き寄せて、目じりに浮いた涙を舐められる。

「やめろと、言っているっ……」

「逃げるな」

「……んっ……ああっ」

低く命じられて、びくりと動きが止まる。再び強くそこを握られて、祥は甘い声をあげる。

湯殿で翻弄《ほんろう》されたときよりも、もっと甘い熱が襲ってきて祥は歓喜の声をあげた。

男の背中を引き寄せて、爪を立てる。二郎は痛みにうめくと、仕返しとばかりに祥の首元に噛みついた。犬歯が白い肌に痕《あと》を残すのを確認して満足そうに何度も痕《あと》を舐める。

じゃれ合うばかりの触れ合いは次第に深みを増して、先走りで濡れた二郎の指が祥の後孔に忍び込む。

「……ぐ……んぅ」

痛みはない。ない、が異物感で祥はうめいた。

ぐちゅ、と。

卑猥な音を立てて忍び込む指が与えるのはただただいやらしい快楽だけ。

ただ熱に浮かされて細切れの音を落としていると指は二本に、やがて三本に増やされた。

探るような指が一点をかすめて、祥はひゅ、と喉を鳴らした。

「……だめ、だ……そこは……よせ……」

ゆるゆると抜き差しされるうち、ぷくりとふくれた一部分を指の腹がかすめる。

そのたびにわき上がる快感に身をよじっていると、あやすようにそこを何度も強くなぞられる。

ふれるたび、腹の奥がきゅうと震える。身をよじって逃れようと、否。心地よい場所を探り当てようと腰が動く。

いやだ、よせ、と喚く声はやすやすと食べられて、祥はひたすら喘ぐしかなかった。

「……やめ……ああっ……あああっ……」

目をぎゅっと閉じて、吐精の快感をやりすごす。

痙攣《けいれん》が治まった孔から指がずるりと抜かれて祥は嘆息した。ひくひくと、粘膜が物足りないとでもいうようにはしたなく動くのがわかる。は、は、と荒く息をするのを整える間もなく、正面から抱き合う形になった。

「んーっ」

喰らいつくすかのように口づけられて、空気が足りずに喘ぐ。

頬の裏側を、舌を、歯を舐められて、心地よさにぼおっとする。

恐る恐る開いた目が、今度は龍眼《りゅうがん》ではない二郎の瞳とかち合う。

狼のような飢えた、きんいろの目。

なぜか泣きそうな顔をした男の顔を引き寄せる。怖がらないでいい、と伝えようとするのに、声が出ない。

指が抜かれたまま、喪失感に震えるそこに再び触れられて背中が震えた。そこは、ぽっかりと寂しい。だから、埋めてほしい。

もっとたくさん。奥まで触れて。

「満たして……」

誘う声に応えるように熱い塊《かたまり》が隘路をわけ入ってくる。

「——あっ……うぅ……じろ、……だめ……だ、ああっ……」

圧迫感にむせび泣きながら祥は喘いだ。

嫌だと逃げを打つ腰を引き寄せられて、狂ったように男の名を呼ぶ。

二郎、二郎、嫌だやめてくれ、動かないで駄目だ。

何か来る。駄目だ。

拒絶しながらも、彼が動くたびにわき上がる快感を逃すことができない。

気持ちいい、心地がよい。

このまま彼を胎内に閉じ込めてずっとこの熱に浮かされて揺蕩《たゆた》っていたい……

「祥……」

「……んっあ……ハアッ……」

彼が胎《なか》の中で吐精した刹那、味わったことのない熱に浮かされて、目の前が真っ白になる。広がる熱の心地よさに、祥はぶるりと震えた。

互いにもつれるようにして地面に横たわった二人の上に、夜の帳が下りていく……

◆

「今日も今日とてひどい顔だが。両人、気分はいかがかな？」

至るところに薬を塗られて、ひどいにおいのする今上皇帝の宰相天聖君と、皇帝の縁戚にして西域の主は、発言の主を見て顔をしかめた。

「見てわからぬか」

「いいわけがない」

そろって眉間に皺《しわ》を寄せたふたりを、鮮やかな緋色の髪をした男がくつくつと笑いながら眺める。

焔公、焔皓也《えんこうや》。

彼は夏喃を助けて、自ら飼っている怪鳥でふたりに加勢をしに来てくれた。

至るところに転がる岩と地面に空いた大穴。焼け焦げた草木と漂う死臭。ふたりとも死んだかと思った皓也は、己の周囲をせわしなく不自然に飛び回る小鳥が持ってきた布に書かれた祥の字を見て、穴の中にいたふたりを見つけた、というわけだ。

――二郎の意識はあった。

むしろ彼のそばで死んだように眠る祥の状態のほうが悪かったという。自らの炎で焼けたのか、粗末な上衣だけを肩にひっかけて傷ついた額《ひたい》を適当な布で覆っていた二郎に向かって、皓也は嫌そうに顔をしかめたという。

『山賊がいると聞いたが、貴殿がそうか？　煬二郎』

『……常ならば笑ってやれるところだが、どうも気力がない』

仕方なしと笑って皓也がふたりを回収して手当てをして十日。祥が目を覚まして五日あまり。ようやく傷が塞がり始め、ひとりでも歩けるようになったところだ。目覚めた初日こそ皓也に感謝していた祥だったが、毎日ふたりのぼろぼろ具合を笑いに来る皓也に対して、だんだんと対応が冷たくなってきている。

「まあ、拾ってきたときに比べたらふたりとも幾分ましか」

皓也の笑った背後から、人影がひょいと顔を出した。二郎を無視して真っ先に祥の枕元に行くと、彼の様子を窺う。

「祥様、着替えはいかがなさいますか？　汗をかいたのでは？　お水をお持ちしました」

「着替えはよい。水をもらおう……。私の看病はよいから、おまえも少し休め」

「……でも、五日も目を覚まされなかったのですし」

「大丈夫だ、夏喃。おまえもろくに寝ていないだろう」

黒髪の少年の髪を祥はよしよしと撫でる。少年は、はい、頬を染めてうつむいて、それでも甲斐甲斐しく祥の世話を焼こうとする。一郎はチッと大人げなく舌打ちをした。

「おい、ガキ。俺も喉が渇いたんだが？」

夏喃は冷たい目で二郎を見ると、部屋の入口を指さした。

「歩いて出たところに甕《かめ》があります。真君はこちらに来た日からずっとお元気なのですから、ご自身で歩いて注ぎに行ってください」

「ははっ！　確かにな。夏喃のいう通りだ、そろそろ貴殿は働け。真君」

「……皓也……」

夏喃の対応に、あはは、と皓也は笑った。

「あの岩山で何があったのか、はそなたらが全快してから話してもらおうか」

抜け目なく笑ってから、皓也は出ていく。二郎はやれやれと息を吐いた。その横でますます甲斐甲斐しく、夏喃が祥の世話を焼いている。

「皓也様より氷菓子を預かっております。いかがですか？」

「うん、食べようかな」

「おい、夏喃。俺の分は？」

「勝手に食べてください。そこに置きますから」

ぷい、と横を向いた少年は皓也の使いの者に呼ばれて、部屋を出ていき、祥は少し疲れたと言って横になり目を閉じた。……俺のほうが夏喃に優しくしたのではなかったか？　それなのにこの扱いはなんなのだ、解せぬ、と首をひねる二郎である。

――解せぬと言えば、と二郎は額《ひたい》に触れた。

二郎の額《ひたい》には龍眼《りゅうがん》がある。

皇族の血を引くとはいえ傍系《ぼうけい》の二郎にこれが出たとき、父は皇位争いに巻き込まれてはかなわぬ、とおおいに悩んだという。いっそ、赤子のうちに龍眼《りゅうがん》を斬り裂いて潰してしまおうか、とさえ悩んだ挙句、父は龍眼《りゅうがん》を封じる方法を見つけ、息子にもそれを周囲に秘すように言いつけた。

この存在を知るのは、両親と隠遁した兄を除いては皇帝、劉文護のみ。厳重に封印してはいるものの、封印はたまに解ける。命の危機に瀕したときだ。

そのたびに厄介な術を使って封じるのだが……

「あれ、今日は早いお目覚めで」

軽薄な口調と共に顔を出したのは金色の髪に浅黒い肌をした仙、自称迦陵頻伽《かりょうびんが》の蓮である。

この男も皓也が二郎たちを救出しに来た際、近くにいたらしい。

「……」

二郎は無意識に額《ひたい》に触れた。

龍眼《りゅうがん》を持つ者は皇帝になる。そして傍《かたわ》らに迦陵頻伽《かりょうびんが》を求める。馬鹿な伝承だと思っていたが事実、己は……と思って二郎は自分の額《ひたい》を指さした。

「おい、爺。これはおまえの仕業か？」

仙は悪びれなく笑って指で二郎の額《ひたい》を弾いた。思いきり殴られたような衝撃を額《ひたい》に感じて、二郎はそのまま寝台に倒れ込んでうめいた。

「貴様ッ……」

「仕業だなんて、失礼な。見つかりたくないようだから隠して差し上げたんですよ」

痛みにうめきながら天井を見上げていると、悪辣な表情を浮かべた男はくつくつと笑った。

この仙には炎を封じられたこともある。この男にはそれがいとも容易《たやす》くできる。龍眼《りゅうがん》を封じるのもできぬことではないだろう。

『しかしまあ、王の鳥とあなたのような人が一緒にいるのは……おもしろいですねえ』

以前の蓮の言葉を思い出す。どう考えてもこの男は初めから二郎の龍眼《りゅうがん》に気づいていた。

「隠すことはないでしょうに」

「厄介なことになるだろう」

蓮は、口の形だけで笑った。目は少しも笑ってはない。

「……これは経験上ですけれどね、二郎様。龍眼《りゅうがん》の持ち主は皇位争いからは逃れられない。今後どうなるのか、退屈しのぎに見物させていただきますよ」

隣の祥に聞こえぬように仙は二郎に顔を寄せて、囁く。

「俺は何も望まぬ」

「あなたの意思ではどうにもならないことだ」

仙は皮肉に笑って、ではお大事に！　と二郎の背中を思いきり叩くと、足取りも軽く去っていった。

部屋には痛みにうめく二郎と、すやすやと眠る祥が残された。

二郎は祥をちらりと見る。穴に落ちて、死にかけて、祥の持つという異能で命を救われて。

その後の触れ合いは、と考える。

あれは今際《いまわ》の際《きわ》で見た都合のよい妄想か。だが、幻想にしてはやけに生々しく、そして凶悪なほどに心地がよかった、あれほどの悦楽を味わったことはない。

腰の下からどろりと融《と》けてしまったかのような……

あらぬことを思い出し、二郎は首を横に振った。そんなことを考えている場合ではない。

「……くそっ」

「痛むのか？」

いつの間にか目を覚ましたらしい祥が半身を起こしてこちらを見ている。

「祥。聞きたかったんだが……おまえ……あのとき」

ちらり、と紫の瞳がこちらを見る。

「覚えているとも」

二郎は息を呑む。やはりあの交歓は夢ではなかったのか、と青くなった二郎に近づいて、祥の優雅な指が二郎の額《ひたい》に触れる。

「ここに龍眼《りゅうがん》があった――」

そちらか、と二郎は重いため息をついて祥の手を取った。

「……そっちを忘れていてほしかったがな」

「そっち？　なんのことだ？」

無邪気に首をかしげた麗人を自分の下に引き倒して、すぐさま事に及びたい衝動に耐えながら二郎は目を逸らす。

「言っておくが、文護兄上はご存じだぞ。できれば秘密にしておいてくれると助かる」

「できれば、か？」

「人の口に戸は立てられん」

言わぬよ、と笑って祥は二郎の指を額《ひたい》からどけた。

「おまえがそれを持っていると知って、誰かが殺しを依頼したのか？」

黒蛇《ヘイシゥ》を操《あやつ》っていた女禍という女はおそらく死んだ。殺したという感触が二郎にはある。だが、遺体は見つからなかった。

「おそらく、な。まあ誰かはわからんが……」

「陛下が差し向けたという可能性は？」

祥は真面目《まじめ》な顔でたずねた。あまりにさらりと聞かれたので二郎は一瞬息を止めたが、ゆるりと首を振った。

「ないな。文護兄上が俺を疎ましく思うのならば、ひと言、おっしゃってくれればいい。俺は喜んで額《ひたい》をえぐる」

そうか、と祥は苦く笑って肩をすくめた。

「誰にも言わぬよ。だが、そうだな。おまえの安心のために、ひとつ私の秘密も教えてやろうか。私も秘密は守る。だから、代わりにおまえも誰にも言うな……」

「なんだ？　好きな食い物でも教えてくれるのか」

軽口に祥は笑った。

「私の母は砂環《さかん》で……月湖《げっこ》で死んだのは教えたな」

「……ああ」

「あれは呪いだったのだ。父の正妃、唯月様の呪いだった。彼女は優れた術を使う人で、自分から父を奪った母が許せず……、死ぬように幾重にも呪いをかけた」

二郎は口を曲げた。

迦陵頻伽《かりょうびんが》はもともと呪術に長けた一族。それができぬとは思わない。

「唯月様は……母を呪い殺す対価に、己の命を邪神に捧げた」

唯月は信心深い人でもあった。

夫の心が離れ、嘆き悲しむ間も神事は欠かさなかった。天帝を祀《まつ》り、西王母には敬意を払う人だった。むしろそれらをないがしろにし始めた夫へのあてつけのように、一層敬虔になったと聞いている。

あるとき、彼女が傷心を癒すために街に降りたとき、怪しげな老人が近づいてきて、彼女の苦しみを知っていると笑いながら……耳打ちしたのだという。

『魔族が信奉する邪神に願うといい。対価を差し出せば憎い女を殺してくれる』と。

気まぐれで……本当に気まぐれで唯月は願ったのだ。老人が言った通りに手はずを整えて、呪《しゅ》を書いて、祥の母の屋敷に呪いを忍ばせた。

『あの娘を殺してください。夫が一番傷つく形で。それが叶えば、私の命を差し上げる』

邪神が唯月の夢の中で笑ったという。

(いいとも殺してやろう。だがそれでは足りぬ。おまえの息子たちもその子どもも差し出せ。そうすれば――)

二郎が絶句している。

「数年は何も起こらなかった。唯月様さえ馬鹿なことをしたと忘れていただろう」

だが、願いは突然、叶った。

「母の訃報《ふほう》を聞いて唯月様は卒倒したと聞いた。何しろ彼女が望んだ通りに父が一番傷つく方法で母は死んだのだから」

——己を監禁する憎い夫の手を逃れて、愛しい男と心中したのだ。

だが、時が経つにつれ、唯月はそのことを忘れた……己の咎《とが》を忘れようと努めた。三人の息子は成人し、何事もなく時が過ぎる。祥の母の死にざまは、すべて偶然だったのだ、と。

「だが、長兄は戦死し、三兄も、もはや永くはない。仲紘兄上は……」

祥は目を閉じた。

美しく優しく賢い兄は唯月の呪いを受けた。いつからか己を見失い、そのことに傷つきやせ細って。

唯月は仲紘と伯儀がそろって発病したことで、己の犯した罪が戻ってきたことに気づいて半狂乱になった。己のせいだ、己のせいだと嘆き悲しんで、名も知らぬ邪神を捜して、捜して、しかし見つけられずに、呪いを解くことが叶わぬうちに死んだ。

「兄上が病死というのは、嘘だ」

「え?」

間抜けな声をあげた二郎に祥は淡々と告げる。

「兄上は……自死なさったのだ。娘の伽耶と共に」

二郎は絶句した。

「優しくおとなしい娘だった伽耶は、兄上が発病したのと時を同じくして、まるで人が変わったかのようになった。草花を踏みにじり、小さな動物を殺し、ついには叱られたという他愛もない理由で侍女を殺した……虫も殺せなかった童女が、短剣で侍女の喉を切り裂いて……」

祥の声に悲嘆がにじむ。

愛娘が罪を犯した翌日。仲紘は最後の力を振り絞って娘を殺し、同じ刃で自分の胸も貫いた。

「……」

重々しい沈黙が落ちる。

「私の秘密は陛下もご存じだよ。おまえの額《ひたい》のそれと同じく、な」

「そうか」

うなずいてから二郎は、はたと思い当たって祥を鋭く見た。

「息子とその子どもたちを捧げたと言ったな……？　では昴羽殿は……どうなるのだ」

祥は弱弱しく、首を振った。

「わからぬのだ。何も。甥《おい》に呪いがかかっているのか、そうでないのか……。だから甥《おい》は天聖君にはならなかった」

事情を知る一族の中枢は祥が跡継ぎになることに反対しなかった。昴羽の呪いが解けたのか、発動していないだけなのか、判然としないからだ。

「――唯月様に罪をそそのかした者がいるはず。私はそれをつきとめたい。母を、兄を、姪を。そして唯月様を殺した相手を捜さねばならぬ。そして、昴羽にかかる愁《うれ》いの一切をほどく。それが……私の責務だ——私が生まれていなければ、すべては起こらぬ悲劇だったのだから。私は不要なものだった。要らぬものだった……それなのに」

あとは言葉にならなかった。祥の両眼からぽたぽたと流れた涙が顎《あご》を伝って落ちていく。

「生まれてきた子に何の罪があるという——すべては唯月殿の罪だ」

静かに涙を流して失ったものを悼《いた》む祥の背中を二郎は引き寄せた。王の鳥は腕の中で身じろぎもせず、部屋を静寂が覆う。

邸の喧騒《けんそう》はどこか遠く、夢か現《うつつ》か曖昧《あいまい》な時間が過ぎていく。

——どれくらいそうしていたのか。祥は顔を上げて苦笑した。

「……暑苦しい。そろそろ離せ」

「ひどいな」

明らかな強がりに軽口で答え、二郎は口の端を上げた。

「……俺に話してよかったのか、そんな大事なことを」

額《ひたい》にかかった銀色の髪を退けてやると、祥はわずかに苦笑した。

「……誰かに聞いてほしかっただけだ。聞かせて、すまぬ」

いや、と二郎が首を横に振る。

祥が無理に笑った頬に、名残のように流れる涙が一筋。

目じりに残った悲しみの残滓《ざんし》は光の加減で髪の色を吸い取ったのか銀色の粒に見える。

美しいなという純粋な称賛で触れて、触れた先から我慢ならずに舌で舐めとる。甘いかと思ったそれは、涙の味がする。

つくりものめいた美しい男が、生身であることを思い知らされて、自然に手が伸びた。

「……覚えているのは、龍眼《りゅうがん》のことだけか。祥」

「……何？」

吐息が互いにかかる位置でたずねると、祥の表情が曇り、触れた頬がかすかに震える。

「地底でおまえが俺を癒したあとのことを、真実、忘れたのか」

「なん……の」

ぎこちなく目を逸らされて、逃げようとする彼の首のうしろに手を添えて、捕らえる。

「……ッ。やめ」

「嫌だ」

「――俺と交わっただろう、あの地底の暗闇で」

「……」

二郎に生気を与えた祥は、ほとんど気を失っていた。だが与えられた生気に酔うように二郎はひきつけられて、彼を抱いて溺れた。祥は視線を彷徨わせながら首を振った。

「……アレ、は幻覚だ。もう、忘れた」

「ふたりともそれを見たと？　ずいぶん、都合のいいことだ……思い出せよ」

口づけから逃げぬのをいいことに、角度を変えて唇を貪れば、祥の口から、とぎれとぎれに、は、と切なげな息が漏れた。正気に戻らせぬうちに、単衣《ひとえ》に手をかける。

むき出しになった肩にはまだ治りきらぬ怪我《けが》のあとがある。

紫を過ぎて黄色くなったそこに軽く歯を立てると痛むのか祥は身じろぎした。顔をしかめたのをおもしろがってあちこちを軽く噛む。

首、喉、指の先、寝台に押し倒して心臓の上を舐める。早鐘を打つそこを指で叩かれて祥が身じろいだ。

「死ぬかと思った刹那、やはり無理にでも抱いておけばよかったと思った」

「愚かなことを……」

「そうとも。恋する男は所詮、愚かだろう？」

どういう反応を示していいのかわからなかったのか、む、と可愛らしい形に口を曲げた祥のそれに再び食らいつく。

「——おまえは自分を要らぬと言うたな」

生まれてこなければよかった、不要な子だと。

「ならば、それを俺にくれ」

「……二郎」

「俺は、おまえが欲しい」

祥は逡巡《しゅんじゅん》し、やがて、ゆっくりと目を閉じた。

互いの汗に濡れた肌はしっとりと心地よい。

二郎は祥の性器を己のそれごと握ってゆるゆるとしごいた。上下するたびに、荒く息が漏れる。

醜悪に育っていくそれからたまらずに目を逸らした祥の耳に舌をねじ込んだ二郎は「見ろ」と鋭くと命じ、祥はその要請に逆らえない。手の動きにつられて腰が動く。

「んっ……く」

喜悦の声と共に呆気なく爆ぜた祥の穂先から白濁がぴゅる、と飛び散る。

二郎の唾液と、祥の白濁を使って後孔にねじ込まれた指は優しくはなかった。強い圧をもって蹂《じゅう》躙《りん》されまた達すると、柔らかな舌をねじ込まれた。指で嬲《なぶ》られ、舌で癒される。

「いっ……あっ、あっ……」

ぐちゅぐちゅといやらしく響く水音と共に柔らかく変えられていくそこに恐怖を覚えて、祥が腰を浮かせて逃げを打つと、二郎が足首をつかんだ。中途半端にまとわりつく衣をはぎ取って片足を肩に担ぐとひくつくそこに、生気を添わせる。

「――あ……あっ……ああっ」

「ぐ……はっ、きついな」

割りひらかれる痛みは、なかった。

本来そこにあるはずがない熱く大きなものが、身体の内で硬く鋭くなって、好き勝手に動く恐怖と圧迫感、それを凌駕する被虐の喜びと快感がある。

動くたびにじんじんと麻痺していくような、逃せない熱がたまっていく。祥は逃れられない快感にむせび泣き、二郎は気まぐれに悲鳴を喰らう。

気ままに動くようでいて、的確に肩が撥《は》ねる箇所を狙われて、そのたびに嬌声が喉から漏れる。

「だめ、だめだ……動かないでくれっ、まだっ……あっ！」

胎《なか》を臍の下まで突きながら、二郎の指が祥の性器を擦る。

「一緒は駄目、同時はだめだ……んっ……あっあっ」

「前のほうが気持ちいいか？　……無理もないな、今は、まだ」

穂先を爪でカリと虐められて、痛みとそれ以上の快感で涙がにじむ。

「やめっ……」

「すぐに、胎《なか》のほうがよくなる……」

反論する間もなく性器を強く握られて嫌がって身を捩ったのを詰《なじ》るように強く叩きつけられる。

肉を打つ音の間隔がだんだんとせまくなり、祥は浮遊感に襲われる。

味わったことのない感覚に鳥肌が立つ。

こわい、と何かに縋るように伸ばした手で二郎の背中をかき抱き、爪を立てた。

「……やめ、いやだ……変だ、これ、知らない、やめ……んんっ……あっ……」

執拗《しつよう》に突かれて柔らかくなったそこに、どちゅ、と腰を進められて、祥の喉がひゅっと鳴った。

「……いっ……」

瞼の裏が、ちかちかとする。視界が白む。

「――いけよ、いっちまえ……」

低い声が命じる。

圧倒的な熱と快楽を身体の奥にねじ込まれながら、祥は鋭く鳴いた。折れよ、とばかりに互いの背中を抱いて寝具になだれ込む。

くぐもった声が聞こえ、二郎の腕の中で祥はしばらく痙攣《けいれん》し、気を失うように倒れ込んだ。


やがて安らかな寝息が聞こえてきて、二郎もため息をつきつつその隣に身体を横たえた。

無理をさせたからか、祥は青い顔で寝ている。

――さすがに汚しまくった敷布は処分せねばなるまいな、と二郎はそれを剥ぎとって床の上で、一瞬で焼却する。乱れていない己の牀《ねどこ》に祥をそっと横たえた。

汚した衣は捨てたと言って、夏喃に新しいものを持ってこさせよう。

二郎は汗で濡れた祥の額《ひたい》を冷たい布で拭く。その寝顔はどこか、あどけない。

皇都を出てからひと月と少し。わずかな間だというのに、一年近く旅をしてきたような気さえする。

「長い旅路だったな……まあ、退屈はしなかったが……」

二郎のぼやきが聞こえたのかどうなのか、祥が小さく身じろぎした。

二郎も祥に倣って彼の隣で目を閉じた。

終章

皇帝、劉文護の婚礼は華やかに執り行われた。

数代ぶりに迦陵頻伽《かりょうびんが》の一族から嫁《か》した蔡氷華は銀色の髪を高く結《ゆ》い、華を模した宝石で飾る。大《たい》華《か》において慶事の色は黒。皇帝皇后共に黒を基調とした袍《ほう》に、皇帝のものには国の主たる三つの目と三つの足を持つ龍が金の刺繍で施され、皇后の袖と裾には美しい花が彩られている。

万歳、万歳と居並ぶ諸官が唱和する。

諸官を睥睨《へいげい》する皇帝のそばに控えるのは、天聖君。

皇后とよく似た美貌の青年は、今日は婚儀だからか珍しく黒い衣服に身を包み、ことさらに喜ぶでもなく、さりとて恐縮するでもなく婚儀を見守っている。

華やかな婚儀は滞りなく遂行され、やがて花嫁は皇帝に手を引かれて奥へ消えていく。

天聖君、祥はそれを静かに見送った。

「姉君の冊封《さくほう》、お喜び申し上げます、天聖君」

「趙大司空」

祥の物憂げな横顔に、祝いを述べてきたのは重臣のひとりだった。絵に描いたような好好爺、趙貴妃の父はいかにも上機嫌といった体で祥に頭を垂れた。隣には彼の息子もいる。祥は鷹揚《おうよう》にうなずいた。

「これからは我が姉は貴妃と姉妹になる。よくしてやってくれ」

「無論」

「私とも、な——我らは家族。親しくしたいもの」

「これはこれは！　迦陵頻伽《かりょうびんが》の方に家族と呼んでいただけるならば、これに勝る喜びはありません」

大げさに喜び丸い身体を縮こめる様子を眺めて、祥は笑みを深くした。

「そういえば、最近、大司空は胃痛でお悩みとか？　縁戚になったよしみに趙家へ崑崙《こんろん》由来の薬を贈ったのだが、受け取ってもらえただろうか？」

はて、と大司空は首をかしげた。

「崑崙《こんろん》由来とはうれしゅうございますな！　それはどのような……」

祥は指でスッと小男の胃のあたりに無遠慮に触れて微笑む。

趙大司空が、美貌に気おされて一瞬うっと一歩下がった。

「黒い蛇をたくさん狩って、生皮を剝いで……酒に漬けるのだ」

わずかに趙大司空は顔を引きつらせる。それにかまわず祥は続けた。

「私は飲んだぞ？　そなたも飲むといい。足りぬようならいくらでも届けてやる。手ずからな」

「へ、蛇とは……」

祥は微笑んだ。指で大司空の顎《あご》を持ち上げてそっと覗き込む。

「……少し前になるが。黒い蛇を大量に狩る機会があった――そなたにも分けてやる」

――さすがに、大司空は狼狽えた。

「……お礼を申し上げます。天聖君。しかし、一度で足りるかと」

「追加は要らぬか？　私は狩りが得意だが」

「……滅相もございません。天聖君の手は、煩《わずら》わせませせぬ」

顔を引きつらせて頭を下げた大司空にそうか、と応じて祥は踵《きびす》を返す。

大司空の隣で彼の息子が一瞬楽しげに笑ったのが気に入らないが、まあ、それはそれ、でよしとする。

趙親子を背にして歩いていくと、正装をした二郎に声をかけられた。格式の高い正装に似合わぬ軽い調子で手を振られる。

「よお。あのおっさん、殺さなくてよかったのか？」

「物騒なことを言うな。今のところは釘を刺しておけばよい。それに、私をよく思わぬ者を殺し尽くしていっては、――朝廷から人が消える」

「はは、人気者だ」

楽しげな二郎の様子に、何事かと周囲はざわつくが当のふたりは気にする様子はない。

宴席に行くか？　と誘われて、祥は嫌だと答えようとしたが渋々うなずく。

皇帝も花嫁もいない、重臣だけの無礼講……と言えば聞こえはいいが、文護の麾下《きか》は軍人出身の若い者が多い。どんな騒ぎになるかは目に見えている。

喧騒《けんそう》が嫌いな祥は顔を出さずにさっさと屋敷に戻りたいが、花嫁の一族にそれは許されまい。

「………行く」

「いい酒があるぞ。特別に飲ませてやる」

「それは悪くないな」

酒は案外好きだ、ということを旅路で知った祥である。

ついでに言えば、二郎の持ってくる酒は美酒が多い。にわかに足取りが軽くなった己を少し笑いながら歩くと、横に並んだ二郎が上機嫌で言う。

「その前に余興で、俺とおまえが試合わねばならん」

「……は？」

「忘れたとは言わせんぞ、天聖君。無事に皇后様が嫁がれたのだ。俺とおまえのどちらが強いか、決着をつけねばな？」

忘れていた、嫌だと顔をしかめた祥の腕を楽しげに二郎が引いた。浮ついた声で耳元に囁く。

「……俺が勝てば、おまえを好きにする」

言われてかっと頬が熱くなる。

「好きにしたではないか、散々……」

焔公邸での己の痴態《ちたい》を思い返していると、二郎は「あれでは足りん」と嘯《うそぶ》いた。

「冗談じゃない、痛いのは嫌だ」

手を振り払うと耳元で囁かれる。

「……痛いばかりでは、なかっただろう」

言われた途端に下腹部を甘い熱が貫いた気がして、祥は首を振った。こんな日に何を思い出させるのか、不埒者《ふらちもの》が、と舌打ちする。

「あれ以上のことを教えてやるぞ」

艶っぽく笑われて赤面した。思い出すたびに火を噴きそうになるのに、あれ以上なんて死んでしまうと真剣に思う。祥はぶんぶんと首を振った。

「……断る。あれは気の迷いだ。あれきりだ。そもそも私に勝てると思っているのか？　そして私が勝てばおまえは我が一族から――」

「伴侶を得るんだろう？　いいとも。青祥。おまえに負けたら、俺はおまえの伴侶になる」

祥の言葉を二郎が引き継ぐ。

「…………はぁっ？」

思わず素っ頓狂な声が出た。

くっくっく、と二郎は笑っている。

「伴侶を得よ、とは言ったが、おまえは女にしろとは言わなかったよな？　では、おまえを選ぶ。おまえがいい。おまえも俺を選べ。うん、そうしよう」

「勝手に決めるな！」

「どちらに転んでも俺にとってはおいしい。さて、行こうか祥。今日は俺が勝つ。完膚なきまでに」

笑って足を速める男の背中を呆気にとられて見送り、祥は慌てて追いかけた。

「おい、待て、そんな屁理屈《へりくつ》がまかり通るものか！　待てと言うに！」

にぎやかに言い争いながら歩いていくふたりの頭上を、鳥が二羽、どこまでも青い空を悠々と飛んでいく。

大華《たいか》の皇都は、今このときは、いっぺんの曇りもなく平和であった。

この作品に対する皆様のご意見・ご感想をお待ちしております。

おハガキ・お手紙は以下の宛先にお送りください。

【宛先】

〒150-6019 東京都渋谷区恵比寿 4-20-3 恵比寿ｶﾞｰﾃﾞﾝﾌﾟﾚｲｽﾀﾜｰ 19F
（株）アルファポリス　書籍感想係

メールフォームでのご意見・ご感想は右のＱＲコードから、
あるいは以下のワードで検索をかけてください。

アルファポリス　書籍の感想　検索

ご感想はこちらから

本書は、「アルファポリス」（https://www.alphapolis.co.jp/）に掲載されていたものを
改稿、加筆のうえ、書籍化したものです。

迦陵頻伽《かりょうびんが》　王《おう》の鳥《とり》は龍《りゅう》と番《つが》う

矢城慧兎（やしろ けいと）

2024年　1月 20日初版発行

編集－境田 陽・森 順子
編集長－倉持真理
発行者－梶本雄介
発行所－株式会社アルファポリス
〒150-6019 東京都渋谷区恵比寿4-20-3 恵比寿ｶﾞｰﾃﾞﾝﾌﾟﾚｲｽﾀﾜｰ19F
TEL 03-6277-1601（営業）03-6277-1602（編集）
URL https://www.alphapolis.co.jp/
発売元－株式会社星雲社（共同出版社・流通責任出版社）
〒112-0005 東京都文京区水道1-3-30
TEL 03-3868-3275
装丁・本文イラスト－ヤスヒロ
装丁デザイン－タドコロユイ＋モンマ蚕（ムシカゴグラフィクス）
（レーベルフォーマットデザイン―円と球）
印刷－中央精版印刷株式会社

価格はカバーに表示されてあります。

落丁乱丁の場合はアルファポリスまでご連絡ください。

送料は小社負担でお取り替えします。


ISBN978-4-434-33316-3 C0093